Réquiem a un ángel

Rubén Barraza

Contacto: *juntoscomunicacion@gmail.com*

Colaboradores:

Gabriel Carrillo
Tere Lasso
Luis Mario García
Benilde Treviño

A Dios
A mi esposa e hijos
A mis padres y hermanos
A mis familiares
A mis amigos
y a todos los que me ayudaron

¡Muchas Gracias!

Réquiem a un ángel

Había sido un día lluvioso. El agua en las hojas del árbol de la casa de campo brillaba como pequeñas estrellas de luz provenientes del sol, el cielo ya se había despejado y los rayos de luz corrían entre el pasto de la hermosa pradera que rodea la pequeña cabaña de troncos de madera que mi papá construyó para la familia. ¡En verdad que tiene una hermosa vista! Desde la ventana de la casa puedes ver todas las montañas. Es el lugar que Dios le dio a mi familia. Cuando era niña recuerdo que soñaba que los ángeles volaban alrededor de las montañas, me sentaba a un lado del único árbol en medio de la nada, sólo las montañas, las praderas, las nueces que de éste caían y mi buen amigo Chedrik, el maravilloso compañero que mi mamá me regaló en la navidad del 87.

Junto al árbol está sentada Blanca, una hermosa niña de 5 años de edad, su bello rostro es iluminado por los cálidos y dorados rayos del sol, en sus manos tiene un tierno y desgastado oso de felpa.

Recuerdo que sólo podía pensar en mi único amigo. Me sentía sola, No sé si mis ojos lo reflejaban, yo sólo quería llorar pero no podía, no sé si era la soledad o el simple hecho de que era muy pequeña y ya entendía que mis padres sufrían más que yo. De lo que estoy segura es que me sentía como una osita solitaria.

En ese momento únicamente tenía a su lado a sus dos únicos amigos Chedrik y Jaime. Jaime era el nombre que le había dado al árbol. Siempre que Blanca llegaba a su lado sentía una fuerza que la llenaba de vida, es como si pudiera abrazar a Dios en este mundo y le dijera: *"todo va a estar bien"*.

Siempre que abrazaba a Jaime me daba cuenta que todo iba a ser fácil, que nada es como creemos que es y que toda la felicidad depende de nosotros y nuestra relación con el mundo y con nuestros pensamientos. La verdad es que no recuerdo porqué dejamos de ir a la granja, si ahí era tan feliz, tan llena. En la casa de Monterrey no me dejaban jugar con nadie, sólo Chedrik y yo ¡Cómo extraño al viejo Jaime! Espero siga lloviendo. No sé por qué creyeron mis papás que era mejor para mi salud que ya no volviéramos a la granja, si la felicidad trae salud, pero bueno...

Blanca, con los ojos llenos de lágrimas, recuerda el día en que sus padres le trataron de explicar todo sobre su enfermedad.

¡Pero si solamente tenía 5 años! ¡Cómo es posible que me quitaran lo que en ese momento me hacía feliz! ¡Porqué escogieron ese lugar, el que a mí me traía los recuerdos más felices de mi vida! Pero bueno, creo que Dios te pone en una familia que sabe que te va a ayudar a formarte y a crecer como humano. Cuando vaya con Dios, bueno... si llego, le voy a preguntar muchas cosas.

Ese día fue el día en que paró de llover y en el que las lágrimas de mis padres se convirtieron en lluvia que no tocaba el suelo. Yo jugaba con Jaime en la granja y adentro de la casa estaban mis papás.

José, un señor de 42 años, grande y robusto, discutía con Lilia su mujer de 40 años. La pequeña Blanca, al escuchar la discusión, se acerca a la ventana, por miedo a ver lo que sucedía toma a Chedrik y lo asoma por la ventana. No soporta oír a sus padres discutir así que corre al lado de Jaime y lo abraza con todas sus fuerzas.

No entendía bien. Al principio quise culparme, pensé que yo había hecho algo malo y por eso la enfermedad. Pero al abrazar a Jaime me di cuenta que ellos sufrían más que yo; por dentro, me llenaba de ganas de gritar; "¡Gracias!, ¡no moría!" Estaba ahí parada abrazando a Jaime. Ese sentimiento fue creciendo cada vez más. Por cada día que despertaba era un día más de vida. No sé si el doctor se equivocó o simplemente mi destino era vivir más de lo que decían los doctores; cada doctor decía que me quedaba un mes de vida, cómo es posible si desde que el primer doctor me diagnosticó me han dicho lo mismo; Pobres de mis padres, el único lugar de escape lo convirtieron en una granja olvidada y desolada por un simple mal recuerdo. Desde ese momento a mis cortos 5 años de edad aprendí que debo de ser un ejemplo de gratitud y gozo para los que me rodean. Si cada mañana la vida me daba la oportunidad de vivir un día más, ese día buscaría la manera de crear un buen recuerdo en los pensamientos de mis papás y de las personas que Dios ponga en mi camino.

II

El gran reclusorio de Cd. Juárez. El color blanco y las franjas verdes cubren todas las paredes, en una torre de vigilancia está un policía observando a los reos en el patio de la institución. En el interior del reclusorio, en la celda número 57, se encuentra Germán, un señor de 74 años, sentado en la orilla de su catre, en su mano un rosario de madera ya desgastado por el uso. ¿¡Cómo puede un hombre domar a sus pensamientos!? Germán se postra sobre sus rodillas y reza con toda su fuerza, su cuerpo encorvado por la falta de perdón, su voz y su corazón suplican para que el sufrimiento en su interior ya termine. Sus pensamientos, sus palabras inundan la pequeña celda, mientras se repite una y otra vez:

— Señor, Tú que eres tan bueno termina mi sufrimiento que no me deja ser libre.

Germán llora, se hinca, pide perdón, el

sufrimiento de las culpas de su pasado no lo dejan experimentar el verdadero perdón, es como si algo dentro de él no lo dejara soltar ese recuerdo que lo mantiene en desgracia. Germán llora desconsolado, un policía lo ve por la orilla de la celda, lo observa sin saber cómo ayudarlo, ve cómo sufre por dentro han sido tantos años, hasta que su llanto termina de nuevo gracias al agotamiento que produce el dolor incrustado en su corazón y que no lo deja ser libre.

Es medio día, el sol ilumina las calles de Agua Prieta, ciudad fronteriza dividida por una gran barda de metal, la cual separa a Sonora de Arizona. Un automóvil de color blanco transita por la calle internacional recién pavimentada. Manejando va Gabriel, un joven de 27 años de edad vestido de camisa a cuadros y pantalón de mezclilla; en el lugar del copiloto va Claudia, una bella joven de 26 años de edad, en sus brazos lleva a Sebastián, un hermoso bebé de apenas 3 meses de nacido. Molesto y desesperado Gabriel le dice a Claudia que no sabe qué hacer, que no tiene dinero para el hospital, los rostros de la joven pareja se llenan de angustia.

Mi cara no podía estar más demacrada; en verdad, no sabía qué hacer ni qué decirle, lo único que recuerdo es que le pedía a Dios en mi interior que me ayudara, que me diera fuerza. No podía ser cierto, volteaba a ver el rostro de mi bebé dormido tan tranquilo ¡Cómo podía estar pasándole esto si era un niño sano! Todavía recuerdo cuando el ginecólogo nos dijo que era niño, Gabriel sonrió de oreja a oreja, no lo podíamos creer, un niño en nuestras vidas.

Pero ahora sólo puedo recordar la voz de Gabriel gritándome molesto que yo tenía la culpa, que no lo había cuidado bien. ¡Pero cómo no lo voy a cuidar bien si es mi hijo! ¡Salió de mí! ¡¿Por qué me dice eso?! ¡Me duele! ¡Ya cállate; por favor, no me hagas sufrir! También es mi hijo.

–¿Qué vamos a hacer, de dónde vamos a sacar el dinero para pagar el hospital? – angustioso pregunta Gabriel.

–¿Cómo puedes pensar en el dinero ahora? – contesta Claudia con los ojos llenos de lágrimas.

¡Tu hijo se está muriendo!, lo más importante no es el dinero, es que haya un corazón disponible. No sé porqué le dije eso si tenía razón; sin dinero, no podíamos pagar la operación. Pero él repite una y otra vez:

–¡Tú tienes la culpa!… ¡Te dije que lo cuidaras bien!

¡Tú tienes la culpa, te dije que lo cuidaras! ¡Cállate! ¡Cállate! No me digas eso porque me duele, también es mi hijo. Pero cómo puede echarme la culpa a mí si es de los dos; además, si él no trabajara todo el día…

Claudia molesta le dice:

– ¡Si no trabajaras todo el día!

¡Cómo puede reclamarme si trabajo! ¡Si no hay comida me reclama! Entonces qué quiere que haga. No la entiendo ¡Dios porqué me diste esta mujer! ¡Ayúdame!

Molesto le grita Gabriel:

—¡Ahora resulta que, por darles de comer, yo tengo la culpa! ¡Ya te dije que si quieres yo me quedo en la casa y tú trabajas!

¿Cómo quiere que deje solo al niño? Todavía depende de mí.

Claudia simplemente ve los ojos llenos de desesperación de su esposo, voltea a ver a Sebastián el cual se mueve al sentir la discusión de sus padres. Claudia, al ver que su bebe se mueve, le pide a Gabriel que baje la voz. Gabriel se traga su enojo y su desesperación y sin decir una sola palabra conduce el automóvil con la mirada perdida, enfocado en su dolor más que en su responsabilidad al volante.

Rodeado de hermosas casas estilo setenteras, con grandes ventanales de metal, la mayoría con cochera para un auto, se encuentra el Hospital Central de la ciudad de Chihuahua. Su aspecto colonial resalta y llena la vista de folklor arquitectónico. Una de las casas, la de color verde es la de Uriel, un niño de apenas 7 años de edad. Dentro de ella, sentados alrededor del comedor de madera estilo rústico, listos para comer están Angélica, la hermosa y bella hermana menor, y Uriel. Todos le dicen la *pequeña yaquesita* ya que fue la única que no nació en Chihuahua. En aquella época el papá de Uriel tuvo la oportunidad de viajar por trabajo a Obregón, Sonora, de vendedor de bicicletas. Así que decidió llevarse a toda la familia incluyendo a Carmen ya a punto de dar a luz.

¡Si apenas tenía 4 años! ¿Cómo puedo recordar todo el tiempo que vivimos en Obregón? Siempre en calzones porque hacía mucho calor y mi mamá siempre dormida, no sé si era por el embarazo o porque no quería estar ahí; sí que extrañaba mucho a su familia. Todavía me acuerdo cuando nació la *yaquesita*. Fue en el Hospital de las madres de la Divina Misericordia. No sé por qué me dejaron parado frente a la puerta del área de partos, pero sí que me asusté, mi mamá pujaba y pujaba; en verdad pensé que la estaban matando, pero esa noche sí que fue la más extraña de todas, mi hermana nació. Mi papá no tenía para pagar el parto y ese mismo día se saco la lotería, ese suceso cambio lo extraño y confuso que había sido el día y lo convirtió en uno hermoso y lleno de gozo, me había convertido en un hermano mayor, fue como si algo dentro de mí se hubiera encendido. Sin embargo, la felicidad duró poco ya que a la semana siguiente todo cambió. Todavía me acuerdo que estábamos desayunando y mi papá empezó a toser sangre. Sí que me asusté, creo que sentí más miedo que cuando vi a mi mamá pujar. No sé si se enfermó porque no se sentía digno del regalo que Dios le había dado, de la felicidad, de vivir un gran cambio en la vida. Ese suceso me dejó marcado, pasó mucho tiempo para que me diera cuenta que la felicidad puede durar más de un solo día. Después de todo esto tuvimos que regresar a Chihuahua a la casa de mis abuelos y desde entonces aquí nos quedamos, lo bueno que siempre estuvimos al pendiente de él, viviendo a dos casas del hospital, era como si yo fuera el dueño.

Carmen, una señora de casi cuatro décadas sostiene el sartén en la mano mientras cocina unas ricas papas a la francesa. El aroma de pollo frito llena toda la cocina. Es imposible dejar de saborear la comida. El rostro de Carmen luce radiante cuando voltea a ver a sus dos hijos. Sonríe. Es como si volviera a ver el rostro radiante de su esposo, la esencia que dejó en este mundo antes de partir. Ella se acerca a la mesa, siempre con su delantal rosa a cuadros; pone al centro la comida y se sienta junto a Angélica. Uriel, hambriento, se apresura en tomar una pierna de pollo frito pero Carmen le da una palmada en su mano, toma la mano de los niños, cierra los ojos y bendice los alimentos.

Cuando su madre termina la oración Uriel le pregunta:

–Mamá ¿Dios Existe?

–Sí, ¿por qué me lo preguntas? –Carmen, un poco asombrada, lo voltea a ver.

–Es que en la escuela oí a unos niños que decían que Dios no existe –respondió.

–Sí existe, no les hagas caso –afirmó con una sonrisa

Carmen. –Ahora tú haces la bendición.

–Padre nuestro, bendice esta comida y las manos de mi mamá para que la siga haciendo y, Dios, si... si existes, por favor, aparécete.

Carmen, al oír lo que dice, lo voltea a ver y le llama la atención.

–¡Uriel!, mira hijo, Dios llena de bendiciones a los que creen en Él sin haberlo visto, así que para qué quieres verlo.

Con esperanza en la mirada, Uriel le responde:

–Porque en la escuela dijeron, que cuando venga Dios, va a ser el fin del mundo; y que así va a castigar a todos los malos y a los buenos los va a revivir, entonces así mi papá puede vivir de nuevo.

–Dios no castiga –simplemente respondió Carmen.

–¡Entonces para qué me porto bien! –renegó el pequeño.

Carmen con la sonrisa en la cara por las ocurrencias de Uriel, le explica que aquellos que se portan bien Dios los tendrá más cerca de Él. Ella tomó las ollas y empezó a servir la comida. Los niños empezaron a comer el pollo un poco frío por el retraso que provocó la plática que acababan de tener.

III

Gabriel, muy demacrado, se encuentra sentado frente a la mesa de su pequeño departamento, Claudia se acerca a él y le da un abrazo. Trata de ayudarlo, pero dentro de ella no encuentra las palabras para darle ánimo.

¿Qué le digo? Por dentro yo estoy sufriendo igual que él, ¡Dios por favor ayúdame! Es mi esposo, pero sí estamos muy jóvenes para enfrentar esto, por favor, ¿qué le digo?, me duele verlo así.

Gabriel, al sentir los brazos de Claudia, molesto sacude su cuerpo para que lo suelte. Claudia lo suelta y se aleja con sus ojos llenos de lágrimas apunto del llanto, pero dentro de ella algo la llena de fortaleza que le ayuda a desvanecer las tinieblas que el miedo ha creado.

¿Pero por qué me hace esto? ¿Por qué me echa la culpa? ¿Pero yo qué hice? Sé que éstos son momentos difíciles, pero si así no debe de ser la vida, ¡Dios! ¿Por qué mi esposo me hace sentir tan mal? ¡Ayúdame! ¡No sé qué hacer! ¡Sácanos de aquí! ¡Yo no tengo la culpa! ¡Yo no tengo la culpa! estas cosas pasan, pero veo su cara y se me va la fuerza ¡Cómo puede estar así tan derrotado! ¡Por favor, ayúdalo! no me dejes perder la esperanza, yo sé que Tú existes ¡Ayúdame! yo sé que todo va a salir bien, pero ¿Qué le digo? ¡Ayúdame!; por favor, ayúdame, no dejes que me trate así; Claudia se acerca a su esposo.

—No te preocupes —le dice, —vas a ver que Dios nos va ayudar.

Gabriel, en un tono sarcástico y sonriendo en son de burla, le pregunta, molesto, si Dios le dejaría caer un cheque del cielo, tratando de convencerla de que los milagros no existen.

—¡No digas eso!, vas a ver que todo va a estar bien, ya fui a la iglesia a orar y Dios va a responder— a punto de llanto exclama Claudia.

—¿De qué sirve?¡Qué mejor se ponga a trabajar! Sin dinero no hay salud. ¿Tú crees que yo me voy a quedar aquí sentado esperando a que suceda un milagro? — le contesta Gabriel molesto y enérgicamente. Se levanta de la silla, toma su chamarra y sale del departamento. Claudia se queda sola, se recarga en el refrigerador y lentamente se desliza hasta el suelo, se recuesta en el piso, llorando en silencio voltea a ver hacia el cielo, sus ojos llenos de lágrimas miran fijamente el foco de la cocina hasta que cae en un profundo sueño.

Los Ángeles, California, un gran camión urbano con aire acondicionado, en la parte trasera está sentado Rubén, un joven latino de 19 años de edad, vestido con el uniforme de *Burger Queen*, uno de los restaurantes más grandes de comida rápida de Estados Unidos.

Me gusta viajar en este bus, en verdad que es la ruta más larga, pero aquí veo de todo: chinos, americanos, mexicanos, afroamericanos, mexicoamericanos; no sé por qué se vienen a vivir a Estados Unidos si, estando aquí, todos hablan de regresar a su país y, cuando regresan, ya se quieren regresar para acá, ¡Qué difícil es vivir aquí! Yo no tuve opción y no escogí. Cuando nos vinimos de México era tan niño que no pude decidir, así que no extraño nada de México; ya ni recuerdo nada de él, sólo lo que veo en la televisión.

Frente a Rubén, dos asientos más adelante en el camión, tres afroamericanas discuten con su tono de voz muy peculiar. Podría causar risa cómo mueven la cabeza y cómo agregan pasión a la plática. A simple vista, puedes calcular la edad de ellas, una aparenta 26, otra 32y la más grande y robusta como 50. Rubén las observa y escucha muy atento lo que discuten.

La mayor de las mujeres enérgicamente le comentaba a la más chica –¿Cómo puedes decirme que un Dios es más fuerte? de donde yo vengo tenemos 9 dioses y cada uno cubre una de nuestras necesidades– su rostro lleno de emoción y orgullo no logra ocultar la nostalgia por su lugar de origen.

La más joven de ellas, emocionada por contar una experiencia, sonríe a las demás y ansiosa las interrumpe para contarles su anécdota.

–¡No! Sólo hay un Dios y yo creo que es el más poderoso. El otro día no tuve tiempo de estudiar para

un examen y, antes de presentarlo, le pedí ayuda y...
¡Qué creen!, lo pasé–sonríe orgullosamente.

La mujer de 32 años que sólo observaba y escuchaba lo que sus compañeras decían, al oír la anécdota de la más joven se llena de emoción y dice sus primeras palabras de la discusión.

–¡Aleluya! ¡Sí! ¡Sí!, ¡Sólo un Dios!, Él es el único y hasta nos envió a su Hijo.

La mayor al escuchar las palabras de sus compañeras y al ver que no tiene oportunidad de ganar ya que es una contra dos, abnegada contesta que para ella lo más importante es el respeto de las religiones.

Cómo pueden discutir sobre si existen más dioses en esta era, yo creo que les falta ver un poco más allá, creo que todas las religiones sólo se quedan con una pequeña parte de lo grande que es Dios. Sin embargo, lo que dice la mayor tiene razón para muchos, casi siempre convertimos a Dios en uno monetario: Cuando necesito, le pido. Sin embargo, ella tiene nueve que la cuidan. Qué difícil sería tener nueve. Es mejor tener uno, así es más poderoso que todo; pero bueno, cada país. Las dos jóvenes afroamericanas cristianas manifiestan que su Dios no sólo las llena de bendiciones sino que, además, las cuida y las protege. Entienden que existen profetas y santos pero están aquí para ayudarnos a entender un poco de la grandeza de Dios y nos sirven de guía para saber actuar. La mayor de ellas solamente las escucha, su rostro y sus ojos reflejan que había cerrado sus oídos. Aunque respetaba las creencias, su mente no le permitía escuchar lo que las compañeras de camión le decían, probablemente por miedo a cambiar sus creencias o por tenerlas tan aferradas en su subconsciente.

Mientras la charla se convertía en un campo de batalla de palabras, de pensamientos, de hipótesis, ya era eso todo un enfrentamiento cultural. Rubén desde su asiento escucha con mucha atención la discusión, la gente sonreía al ver a las mujeres discutir. El camión cruzaba y cruzaba calles, las personas bajaban y subían en cada parada, todo era tan ordenado, había gente que al subir se interesaba en la tremenda charla de las mujeres; sin embargo, había otras que sólo subían sumergidas en sus pensamientos y sufrimiento. Esas personas no se daban cuenta de nada, era como si funcionaran en automático desenfocadas de la vida; sin embargo, algo dentro de Rubén no lo dejaba distraerse ni un momento de lo que las simpáticas afroamericanas discutían.

Dentro de una hermosa casa de color blanco de dos pisos, cerca de la calle Garza Sada, detrás de los cines en Monterrey, sentada frente a su computadora está Blanca, la pequeña niña, ya es toda un hermosa mujer de 20 años de edad. La puerta de la recámara se abre, se asoma Lilia ya llena de arrugas y con una mirada cansada pero siempre forzándose a sonreír. En sus manos lleva una charola, en ella un plato con huevos estrellados, dos panes tostados y un jugo de zanahoria, apio, manzana y betabel, la receta de su abuela para levantar las defensas del cuerpo. Las manos de Blanca escribían como toda una experta, el sonido de los dedos al tocar cada letra del teclado era lo único que se oía en ese silencioso cuarto, siempre acompañada de la computadora, el oso Chedrik y sus pensamientos que habían estado todos estos años a su lado. Lilia se acerca y pone la charola a un lado de la computadora, ella observa cómo su hija escribe feliz. Blanca al verle sonríe, deja de teclear por un momento para leerle un poco de lo que escribió.

El amor es no vencerse al enojo, el amor es paciencia, el amor es lo que debería tener como prioridad este mundo, el amor te lleva a la felicidad, el amor es la felicidad, el amor te lleva al encuentro del alma, para mí el amor es el que me ha llevado dentro de este cuarto a viajar por todo el mundo.

Leyó inspirada Blanca, después volteó a ver a Lilia para preguntarle si le había gustado, no porque necesitara su aprobación sino porque era una pequeña parte de su plan para devolverles un poco de felicidad a sus padres por todo lo que habían hecho por ella. Lilia, al oír esas palabras que como cada pensamiento que escuchó de la voz de Blanca desde que aprendió a escribir, la sumergieron en un océano de pensamientos llenos del ahora, de esperanza y de paz.

Ya no sabía si buscaba entrar a ese cuarto sólo por el hecho de ver a Blanca o por el hecho de encontrar un poco de palabras que la ayudaran a vivir un día más. Blanca, esperando la respuesta, sonríe al ver a su madre tan pensativa. Al ver la sonrisa Lilia reacciona y le contesta:

–Sí, sí, me quedé pensando.

Lilia le da un beso en la frente, se despide y antes de salir del cuarto Blanca le pide que la lleven a la granja, Lilia la voltea a ver como dando la respuesta que ya conoce mientras sale de la habitación cerrando la puerta, al salir se recarga en la pared de la habitación de Blanca frente al largo pasillo. Sus ojos se llenan de lágrimas y se queda por un momento pensando lo que su hija le había leído.

¡Cómo es posible que ella sea la que esté muriendo y yo la que me sienta muerta por dentro! ¡Dios, esta niña es un milagro para nosotros, deja que el mundo la conozca, solamente un día!, espero que cuando me llames y me toque la hora de dar cuentas, te haya gustado cómo cuidé ese pequeño ángel que nos dejaste.

Junto al plato con la comida están unas pastillas de colores, unas amarillas, unas rojas y unas azules. Blanca voltea a ver a Chedrik y le sonríe.

¡Cómo es hermosa mi mamá!, ¿no crees? Después de tantos años nunca se olvida de mis pastillas, algún día la dejaré leer todo lo que tengo escrito. Primero son las amarillas, al terminar la cena las rojas y antes de acostarme las azules, yo creo que escogió los colores para hacerme más fácil la vida o para que a ella no se le olvidara. Sabes, Chedrik, en los kínder usan estos colores porque son los que más les gusta a los niños. Qué bueno que estas pastillas son de esos colores, hace tanto tiempo que las tomo que ya hasta me empiezan a gustar. Recuerdo que cuando tenía 12 años la hice batallar mucho con tomármelas, hasta un día me amenazó con el cinto de mi papá ¿Te acuerdas?, pero bueno, después de esa ida al hospital y verlos llorar otra vez a los dos juntos, me di cuenta que me las tenía que tomar para poder terminar este libro y, además, para que ellos ya no siguieran sufriendo. No sé porqué se me había olvidado en ese momento lo que le había prometido a Dios, que tenía que darles un poco del amor que yo sentía por dentro, para que mi enfermedad fuera más fácil para ellos. Si quiero dejarles este libro de regalo tengo que tomarlas todos los días y primero es la amarilla.

Blanca suspira mientras se toma la primera pastilla.

En la cocina, terminando de lavar los platos está Lilia. Con sus manos limpia con un trapo rosa la mesa. Al terminar de limpiar, lo dobla y revisa que las llaves de la estufa estén bien cerradas, sale de la cocina, apaga la luz, sube las escaleras y camina por el largo pasillo hasta la recámara principal pasando justo frente a la puerta que da a la recamara de Blanca. En la cama, recostado, viendo por el televisor un partido de los Rayados contra el Cruz Azul está José, ya con algunas canas pero casi sin arrugas. Parece que el tiempo no ha pasado en él a diferencia de su esposa. Lilia se acerca, se quita la bata, se recuesta en el lado derecho de la cama, prende una pequeña y vieja lámpara que está en el buró, a un lado de ella, toma una biblia ya desgastada por el uso, la abre y comienza a leerla en voz baja. Su esposo le pregunta si ya se había dormido Blanca, Lilia le responde sin voltearlo a ver que seguramente sigue frente a su computadora. José se emociona al ver al Cabrito que se lleva el balón desde media cancha a punto de anotar.

Lilia lo voltea a ver con ganas de decir algo, toma aire y lo interrumpe.

–¿Por qué no vamos a la granja a descansar unos días?, sabes que a Blanca le va a dar mucho gusto y así sirve que ella descansa de estar frente a la computadora todo el día.

Sin voltearla a ver contesta –No. Ya veremos–mientras sigue sumergido en la emoción de su partido.

No sé si es su manera de huir del sufrimiento pero todas las noches son iguales, sino es el futbol, es una película. Es como si yo no existiera para él, desde que me acuerdo nunca he tenido un momento a solas con él, ni unas vacaciones, todos sabemos que no le gusta ir a la granja porque tiene miedo que algo le pase a Blanca. Pero ya estamos viejos y Dios nos ha demostrado que no se la va a llevar al día siguiente, ¿por qué se aferra a estar aquí?, si como quiera, aunque estemos cerca de los doctores ya nos dimos cuenta que ni ellos saben cuándo va a ser el día.

Son las 7 de la mañana, el sol brilla y entra hasta el comedor por los grandes ventanales que están frente a éste. José sentado frente a la mesa esperando el desayuno y leyendo el periódico mientras Lilia cocina un omelette de huevo con queso, desde la cocina llega el delicioso aroma del desayuno que prepara Lilia. Por las escaleras baja Blanca, todavía en pijamas y se acerca a José para darle un beso de buenos días. ¡Cómo me gusta despertar y que mi familia esté a la mesa! Y respirar el delicioso aroma de un día nuevo. Desde que recuerdo, mi mamá cocina algo diferente cada día y ese pequeño o gran detalle me hace sentir tan amada. Han de ser pocas las mamás que se esmeran tanto en la cocina, pero bueno... también fuimos bendecidos con la pensión de mi papá; no tenemos que preocuparnos por dinero.

Blanca, aún en pijamas, se acercó a su padre para darle gracias y un beso. José, sin bajar el periódico, pregunta a qué se debía tanto cariño. Blanca, sonriendo y como si ya supiera que nada le negaba su padre, sólo le pregunta cuándo se irían, si el viernes por la mañana o por la tarde. Él volteó a ver a Lilia y le recordó que había dicho que no, argumentando que el polvo y el aire le hacen daño a su hija.

—Ya le hablé al doctor y dijo que le hacía bien salir unos días de la casa —contesta Lilia desde la cocina.
Blanca entusiasmada le suplica —¡Ándale papá! tengo toda mi vida de la casa al hospital y además, tengo ganas de ver cómo está la granja, casi se me olvida cómo es.

No muy de acuerdo por la decisión le contesta —Está bien, pero sólo por el fin de semana y, a la primera tos que te oiga, nos regresamos— era imposible negarse ante esa cara tan brillante y llena de amor, pero cómo una hermosa niña con una enfermedad terminal podía irradiar tanta seguridad y paz.

En una esquina de Los Ángeles, California, cerca de la cuarta avenida junto al centro comercial está el *Burger Queen* en el que trabaja Rubén. Frente a la caja registradora está él, lleva puesto su uniforme, su rostro luce ya cansado por el tedio y lo rutinario de su trabajo. Una señora muy guapa con un hermoso peinado que hace lucir su bello cabello dorado, se acerca a la caja junto con sus tres hijos para pedir sus alimentos.

Otra orden más, pero qué me pasa, antes me gustaba mi trabajo, siempre con la promesa de mejorar, pero sigo aquí ya tengo cuatro años y no logro mejorar; ¿Qué es lo que me falta? se acerca la señora. Hasta parece una canción que pasa de generación en generación, siempre lo mismo, tengo que decir una y otra vez "¡Hola! ¡Buenas tardes! ¿Puedo tomar su orden?" pero si ya pasó mucho tiempo, por qué sigo extrañándolo, en verdad no sé qué me pasa.

Rubén, sonriendo, toma la orden de la hermosa americana, la cual pidió para los niños siete hamburguesas con queso y refrescos de naranja y para ella una hamburguesa grande acompañada de un refresco grande de dieta. Sonríe sólo por compromiso sin dejar de pensar en lo mucho que extraña a su abuelo.

–Son 32 dólares con 50 centavos– La señora abre su bolso, comienza a sacar cosas de éste, un lápiz labial de color durazno, unas llaves, un rosario... Sonrojada voltea a ver a Rubén, el cual al verla sonríe.

¿Por qué se sonroja? no hay nada de que sonrojarse, es un poco desorganizada, pero ¿Por qué se sonroja?, ¿por el rosario? pero si yo siempre he visto los rosarios, no tiene de qué avergonzarse.

Rubén la observa hasta que la señora encuentra su dinero, le paga, Rubén toma el dinero, abre la caja registradora y le devuelve el cambio, ella lo toma y le sonríe.

Pero ¿Por qué lo extraño, si él me dejó? por su culpa tuvimos que venirnos a vivir a este país.

Un joven con una patineta en la mano se acerca al mostrador, Rubén le sonríe.

–¡Hola! ¡Buenas tardes! ¿Puedo tomar su orden?

Los grandes faroles y anuncios iluminan toda la noche de la cuarta avenida, el turno de Rubén había terminado. El camino hacia la parada del autobús desde el *Burger Queen* es largo, pero él lo aprovecha para descansar.

Siempre camino por aquí, es el momento que más me agrada de este trabajo. ¡Por fin tranquilidad! Llego hacia esa banca, me siento diez minutos y, como por arte de magia, la sincronía de los camiones americanos, únicamente esos minutos de espera y se detiene uno justo frente a mí.

Rubén subió y notó que el camión iba prácticamente vacío como siempre, caminó hacia la parte trasera para sentarse en la última fila, no porque quisiera esconderse sino porque desde ahí puede ver todos los que suben al camión. Sin las personas discutiendo o platicando este camino se me hace muy largo.

Solamente se subieron dos personas de unos 50 años de edad vestidos de traje, sus rostros lucían muy cansados. Supongo que vienen del trabajo, ¿Se me verá a mí así la cara? espero que no, qué dolor terminar la vida de esta manera. Llega la siguiente parada.

Rubén se pone de pie y le hace la señal al conductor del bus, el camión se detiene.

Es hora de bajarme, dos cuadras más y llego a mi casita, por fin a descansar.

Vestido con su uniforme, Rubén se detiene frente a una puerta café de una pequeña casa de color crema, al entrar voltea hacia la cocina, frente a la estufa está Lupe, una mujer de aspecto latino de 57 años de edad.

–¡Hola ma!- le dice Rubén.

Aunque Rubén siempre la ha querido como una madre, ella sólo se ha hecho cargo de él desde que tenía

5 años. Cuando ella y su mamá junto con el niño trataron de cruzar el seco desierto de Arizona, el pollero los dejó ahí a ellos y a nueve personas más. Únicamente sobrevivieron tres, Lupe, Rubén y Joel, el señor que los ayudó a acomodarse desde aquel entonces en Los Ángeles.

—El sábado voy a ir a ver a tu abuelo a Juárez, ¿no quieres ir a verlo? A él le daría mucho gusto verte. Bien sabes que siempre pregunta por ti —comenta Lupe.

—Pero qué te hace creer que lo quiero ver —le contesta Rubén

Lupe, sin saber muy bien qué contestar, hace un silencio y le dice —Sabes que no fue su culpa —Rubén se levanta de la silla para irse a su recámara.

Rubén molesto le contesta en un tono sarcástico —¡Sí ma, alguien le puso la cerveza en su boca y lo subió a un carro!

Lupe, al oír las palabras de Rubén, siente la necesidad de ayudarlo pero no sabe cómo. Entre más tiempo ha pasado, él crece y su corazón se hace cada vez más duro. Es por eso que no le gusta presionarlo tanto por temor a que se aleje más del deseo de perdonar a su abuelo —Sabes que todos siempre cometemos errores—afirma Lupe.

Sin voltearla a ver Rubén se acerca a ella, le da un beso en la frente y da las buenas noches. Sin dejar de hacer lo que está haciendo Lupe le dice —No seas tan duro con él.

¿Cómo ayudarlo, no sé qué decirle? Dios ayúdalo, es un buen muchacho con un gran corazón, no dejes que ese bello corazón se llene de resentimiento hacia la única persona de su sangre que le queda vivo, tú sabes que Don Germán está muy arrepentido. Por favor, Dios, ayúdalos a que los dos encuentren paz en el perdón.

Mientras Lupe recoge los platos de la mesa, Rubén camina hacia su recámara, llega, se sienta en la cama y su mirada se pierde en la bombilla de luz. ¿Cómo quiere que lo perdone? si él no hubiera tomado tanto no hubiera pasado nada, mi madre no se hubiera desesperado y no se hubiera querido venir a este país en búsqueda de dinero para el abogado y ahora quiere que viaje hasta Cd. Juárez a ver a un señor que ya ni me acuerdo cómo es, ¡que no sea tan duro con él!, pero si yo no soy el duro, él fue el que se cometió el error al no poder controlarse y mi mamá y yo lo pagamos.

En un salón de clases de la escuela G. Mistral, una de las mejores primarias de gobierno de la ciudad de Chihuahua, se encuentra sentado en un mesa-banco Uriel, al frente está su profesor junto al pizarrón escribiendo con el gis las reglas básicas para el respeto, de la clase de civismo.

¿No sé de qué nos sirve esta clase si como quiera nadie respeta a nadie? este profe siempre nos dice que no tomemos, que no fumemos y la otra vez lo vi saliendo del expendio con una botellita de tequila, ¿cómo quiere que aprendamos si no nos enseña con el ejemplo? yo creo que en su época no había clases de civismo, ¡ah!, pero había catecismo… bueno, a lo mejor no fue.

A lo lejos se oye la campana de la escuela sonar. Todos los niños al oír la campana se levantan eufóricos para salir a jugar. Uriel corre detrás de ellos, camina por el largo patio de la escuela, un niño lo invita a jugar futbol.

Si me voy a jugar, no me como mi lonche, y ahora sí que traigo mucha hambre, espero que me hayan puesto un sándwich de jamón.

–No gracias, tengo mucha hambre–le contesta. Al llegar a una banca debajo de un árbol se sienta y comienza a abrir su lonchera. Comienza a saborear su sándwich, cuando está a punto de acabárselo, detrás de él se oye una voz de un niño más grande.

–¡Que pasó, llorón!–Uriel voltea para ver quién es, es Adán, un niño de sexto año con el que ha hecho amistad. Con el sólo hecho de verlo te das cuenta que es un niño con bastante vida y un poco de malicia. Se sienta junto a él, Uriel le comparte lo que resta del sándwich y los minutos pasan. Al fondo se ven los demás compañeros jugando futbol. Al otro lado del patio, unas niñas tienen atrapado a un niño, lo jalan y lo zangolotean de un lado a otro sin saber cómo expresar su pequeña atracción a ese muchachito; claro, son muy pequeñas para saber cómo demostrarlo. Mientras todo eso pasa, los dos grandes amigos discuten sobre la existencia de Dios.

Uriel emocionado y un poco molesto por la incredulidad de su amigo le asegura -¡Te digo que sí existe! mi mamá me dijo que sí está ahí, pero no lo vemos.

Adán, un poco molesto y en tono pícaro para hacer molestar a su amigo le contesta –¡No claro que no existe! si no ¿porqué deja que la gente se mate? si existiera, no crees que hubiera detenido la bala que mató a mi papá.

Asustado por las palabras de Adán, se tapa los oídos y comienza a decir en voz alta –¡Cállate!, ¡cállate!, no te vaya a oír y luego nos castigue. ¡Te digo que sí existe! y además Él nos cuida.

Adán serio y desanimado por lo que dijo le contesta –Sí cómo no. Como si fuera posible. A ver, dime si acaso Él me cuida todos los días que regreso a la casa en la noche, o si Él me protege que no me vaya a matar una bala perdida.

Pero por qué pensaba eso si era tan sólo un niño, yo sé que la vida en esa época en Chihuahua había sido muy dura, muertes por todos lados, yo sé que andaba siempre con niños más grandes que él y que ya había robado muchas cosas, por eso siempre traía dinero, pero en el fondo yo creo que Dios siempre lo cuidó; si no, ¿cómo se salvó de tantas veces que casi lo agarra la policía? Yo en verdad creo que era Dios dándole otra oportunidad para que mejorara.

En ese momento Uriel se da cuenta de algo y le dijo emocionado tratando de hacer entrar en razón a su pequeño amigo–Pero todas las noches tú llegas bien a tu casa verdad.

–Sí, pero con mucho miedo. Además, dime que Dios cuida a mi mamá en las noches cuando llora del dolor de sus manos por tanto lavar–dice Adán.

Fue la primera vez que vi a Adán mencionar que tenía miedo, yo pensé que había nacido machito, pero en ese momento medí cuenta que era un buen niño y, además, teníamos algo en común, él y yo no teníamos papá y nos preocupábamos por nuestra mamá, pero a mí, mi mamá siempre me decía que si quería ser alguien en la vida tenía que prepararme. Me hubiera gustado saber qué era lo que le decía su mamá ¿por qué decidió dedicarse a eso?

Uriel, sin saber qué decir, sólo repitió las palabras que su mamá en casos como este decía–Mi mamá dice que Él trabaja de muchas maneras–tratando de convencer a su amigo de que Dios sí existe.

En un tono de desánimo y sonriendo le contesta Adán–No. Mejor yo voy a dejar de creer, porque si espero que Él me conteste, a lo mejor para ese día ya me tocó un balazo y me muero.

¿Cómo podía estar tan seguro y decir eso? Si

éramos apenas unos niños que la vida los había puesto en un lugar muy extraño, que cada día se tornaba más violento y, además, sin nuestros padres. Sí que no entendía nada en ese momento de mi vida, pero ahora me doy cuenta que no tenía que entender nada, solamente era un niño. Lo único que debía de preocuparme era de la escuela, de jugar y de ser un buen hijo. Pero cómo podía pensar eso a esa corta edad. En esa época, Chihuahua estaba muy revuelta y todos los periódicos hablaban de cosas malas, cómo iba yo a entender, en ese entonces no sabía por qué, yo tan pequeño, tenía que ver esas cosas y por eso cada día me hacía más preguntas. Yo creo que no era el único que necesitaba respuestas, porque por algo Adán siempre iniciaba las pláticas de Dios. Yo creo que él, en el fondo, buscaba un poco de paz al igual que yo.

Uriel, con ganas de terminar la discusión ya para poderse ir a jugar, le dice enérgicamente–¡Sí existe, no digas eso!

Y como último intento de Adán por encontrar una mejor respuesta de su amigo le dice.

–A ver, si existe dile que traiga a mi papá y me pida perdón por haberme abandonado–Recuerdo que cuando me dijo eso tomó su mochila y se levantó, aunque su rostro sonreía, en sus ojos se veía la obscuridad y el dolor que produce el miedo junto al sufrimiento. Ahora me doy cuenta que en verdad le gustaba mi compañía. Adán al alejarse sonriendo gritó – ¡No existe!

Uriel ya molesto y cansado por la discusión al ver que su amigo se reía de lo que decía, entre más caminaba, más lo repetía y más le molestaba, y con más ganas le gritaba –¡Sí existe, sí existe!–de pronto sonó la campana y de nuevo a clase.

En la noche, frente a la mesa, listo para cenar, se encuentra Uriel junto a su hermana Angélica *la yaquesita*. Carmen ve que Uriel está muy callado, "ido", así como ella dice. Carmen se acerca a ellos, le sirve cereal en un plato, se sienta junto a ellos, los toma de las manos para hacer la oración pero ve que Uriel sigue sin ánimos, así que le pide que él haga la oración.

Uriel desganado y afligido por su amigo comienza a orar –Dios, bendice estos alimentos y las manos de mi mamá. Dios te pido, por favor, que si en verdad eres tan bueno ayudes a mi amigo Adán para que crea en ti.

Carmen voltea a ver a su pequeño y curiosa le pregunta –¿Porqué le pediste eso?

–Es que Adán dice que Dios no existe–le contesta Uriel.

Y como todas las madres lo hacen, comenzó a cuestionar más sobre ese niño, sobre el tema, tenía que saber un poco más –Ah sí, y ¿por qué dice eso?

Uriel cabizbajo le contesta –es que él dice que no existe porque Dios deja que todos sufran y mueran.

Y de nuevo sin saber qué contestar ante una

situación así, tratando de cambiar el tema y un poco molesta por no saber qué decir, le contesta —ese amigo tuyo no sabe lo que dice-un poco molesta le contesta.

Esa noche me di cuenta que existen muchas cosas que no entendemos desde que somos niños y no desaparecen cuando nos convertimos en adultos, pero si mi madre era tan buena conmigo y siempre me daba ánimos y siempre se preocupaba por mí es porque Dios existe. Durante algunos años traté de entender porqué mi madre no podía responder esa pregunta, pero ahora me doy cuenta que todas esas cosas que no nos gustan que pasen, nosotros las provocamos y que, después de todo, Dios es tan bueno que termina reconstruyendo lo que nosotros destruimos.

En búsqueda de más respuestas Uriel le pregunta a Carmen —Oye mamá, ¿pero si existe, por qué no dejó que mi papá disfrutara los mejores momentos de su vida?

Carmen tratando de ayudar a su hijo, desde que su esposo murió se dio cuenta que ella no podía dejar a sus hijos con dudas porque si no, los podía perder por un mal consejo de alguien más y se propuso a tratar de ser la mejor consejera para que nadie se metiera en su pequeña familia y pudieran salir adelante. Así que desde que pasó lo de su esposo, ora todas las noches por el don de consejo.

—Mira hijo, hay veces que pasan cosas en este mundo que no nos gustan, pero muchas son para que dejemos de creer en Dios. Tú eres un niño muy especial, porque a pesar de todo, crees en Él. Además, no quiero que andes hablando con ese amigo tuyo–Carmen se acerca a Uriel y le da un beso en la frente.

¿Por qué pasan las cosas? A esa edad no lo entendía y ahora tampoco. Aunque ya no trato de entenderlas simplemente; unas, las acepto y otras, me doy cuenta que Dios las soluciona. Sin embargo, en ese momento entendí que mi mamá sabía sólo un poco más que yo de Dios y eso me hace sentir bien, porque gracias a eso aprendí que estamos en un proceso tan bello que llamamos vida.

Tratando de entender todo, Uriel se queda pensando por un momento todo lo que acaba de escuchar, apenas y prueba su comida, se levanta y le dice a su mamá que se va a dormir. Carmen lo voltea a ver, lo abraza y le da un beso diciéndole que ya mejor se vaya a descansar, que no piense tanto. Mientras ella se queda con la yaquesita para que termine de cenar su cereal.

Recostado en su cama, con la mirada directa a la bombilla de luz, está Uriel; frente a él, colgado en la pared, está un crucifijo; lo voltea a ver, cierra los ojos y comienza a orar.

–Papá Dios. Por favor te pido que cuides a mi mamá y a mi papá que está allá contigo. Por favor haz que regrese el papá de Adán para que así crea en Ti y, por favor, no te tardes tanto. Gracias, amén.

Siendo niño no entendía lo que era el tiempo,

creía que podíamos condicionar todo. Pero bueno, pasaron muchos años para que me diera cuenta de que todo tiene su tiempo y que, si mi pensamiento o yo mismo me tardo en aprender, más se alarga la espera. La hermosa impaciencia de un niño debe de ser agradable para Él.

IV

Una hermosa y gran luna ilumina, la calle panamericana de Agua Prieta Sonora. Sin rumbo fijo por la banqueta camina Gabriel. Al acercarse a una banca se sienta para dejar pasar el tiempo.

¿Pero qué quiere que piense? si no sé a quién acudir ¿Cómo la ayudo?, ¡claro que me molesta!, entre más trabajo menos dinero tenemos y ahora esto. No sé de dónde viene esta suerte, lo mismo le pasó a mi papá.

Perdido en sus pensamientos, confundido sin saber qué hacer, sólo observa los carros pasar, justo frente a él está la aduana fronteriza que permite la entrada de Douglas, Arizona, pasaron horas y él seguía viendo cómo entraban y salían carros de México a Estados Unidos.

¿Pero qué hacer? ¡No sé! ¡Por favor que alguien me ayude!, en verdad no sé qué hacer, dentro de mí sólo estaba el recuerdo de mis padres cuando empezaron a batallar, mi papá se la pasaba dormido en la cama y mi mamá molesta, ni siquiera nos hablaba ¿Será por eso que no sé salir de esta ciudad, de este pensamiento?, pero con mis padres fue sólo el dinero, aquí está de por medio el niño ¿Qué hago? Dios, ayúdame por favor, cómo me gustaría poder controlar el tiempo, cómo puedo tener esperanza sino sé de dónde viene la ayuda, ¿qué hago?, ¡por favor! ¿Por qué no lucharon mis padres por su amor y no por su dinero? A lo mejor la vida hubiera sido distinta. Gabriel se quedó sentado toda la noche pensando, mientras los carros entraban y salían de un país a otro.

Sentada frente a su computadora, Blanca escribe llena de gozo, su pasión se transmite en cada palabra que de su corazón sale. Se imagina viajar desde esa recámara a los lugares más bellos del mundo, esta vez un hermoso jardín pintado con óleo y lleno de colores.

La vida del hombre, perdidos en este mundo con una sola salida, donde el sufrimiento de nuestros pecados nos sigue, pero aunque sienta que el óleo me atrapa en su textura, siempre encontraré la luz que me libera.

En su sueño, caminando por el hermoso jardín, las manos de Blanca van sintiendo cada árbol, cada flor que impregnan esos delicados dedos de pintura, camina hacia una hermosa luz que le habla, que la llena, pero no la puede tocar, esa luz llena su espíritu, la acerca hacia una felicidad interminable, sin comienzo ni fin, pero nuevamente cuando está a punto de llegar a ella, algo la regresa a la realidad y despierta frente a su computadora y su desgastado teclado. Despierta y ve por unos minutos en el monitor escrito "todavía no".

¿Cómo puedo regresar? ¿Porqué todavía no?, ¿Qué necesito hacer más aquí en este mundo?¿Por qué no?, ya estoy lista.

Blanca apaga el monitor de su computadora, se pone de pie, toma a Chedrik y se recuesta en la cama. Un hermoso día, la hermosa luz del sol entra por la ventana iluminando toda la habitación. Blanca frente a su computadora, escribe emocionada, voltea a ver a su oso, le sonríe y continúa escribiendo. Cómo puedo escribir algo que ni siquiera he vivido, qué puedo decir si mi vida ha sido algo diferente a los demás, cómo puedo ayudarlos si la ayuda gira alrededor de mí. La enfermedad es lo que me ha puesto en el centro de muchas personas, en verdad que soy afortunada, porque creo que he venido aquí para que las demás personas prueben su amor y compasión en mi cuerpo, es momento de que regrese un poco de ese amor, ¿no crees?

Blanca voltea a ver a Chedrik, el oso la observa sin decir una sola palabra, como el oso de felpa que es.

Siempre hablándole, como si pudiera oírme, bueno pero es mejor que hablarme a mí misma todo el tiempo.

Blanca termina de escribir en su computadora.

"El hombre busca las victorias efímeras, siempre tratando de vencer a alguien, sin darse cuenta que se debe de vencer a sí mismo y que frente a él está la más grande victoria... la vida misma" El dedo índice de Blanca presiona el botón de borrar.

–¡No, no!, esto sí que está muy cursi, parece tarjeta de cumpleaños... ¿Cómo ayudar con lo único que sé hacer? Y que además no suene cursi–se preguntó Blanca.

Se pone de pie, se aleja de su computadora, se recuesta en la cama, toma el control remoto de la televisión y la enciende. Sus delicadas manos cambian de un canal a otro. Ahora sí que no sé qué hacer, sólo porquería, ¿porqué no producen mejores programas, pero qué opción tiene la gente si le dan estas cosas que ver? Blanca apaga su televisor, toma un libro del buró que está al lado de su cama y se pone a leer.

En una parada de autobús, en Los Ángeles, junto a una hermosa pareja de novios que no dejan de abrazarse y besarse ni por un instante, gritando su amor tal cual adolescentes a sus setenta años de edad, junto a ellos está parado Rubén esperando que llegue su autobús que lo lleve de regreso a casa.

No sé qué pensar, debe de ser hermoso llegar a esa edad y sentir la misma pasión, ¿será su esposa o será una aventura?, me dan ganas de preguntar, esto sí que es extraño, pero porqué extraño, debería de estar más acostumbrado, si veo viejos en sus corvettes, por qué no voy a ver personas divirtiéndose de esta manera.

El camión de Rubén se detiene justo frente a él y lo aborda, de su pantalón saca las monedas y las inserta en la máquina de cobro. Ésta vez sintió que el camino fue más corto que de costumbre.

Me siento triste por dentro, no sé, extraño a mi abuelo, pero no sé cómo perdonarlo, pero porqué lo voy a perdonar, si él fue el que me dejó, si en verdad me quiere que venga a pedirme perdón, porqué voy a ser yo el que regrese a buscarlo, si ya ni me acuerdo como es.

Caminando se detiene justo frente a la puerta de su casa, entra, se dirige hacia la cocina, en la mesa está un gran plato de macarrones con queso amarillo, junto al plato hay una nota escrita a mano, que dice "hijo te esperé a comer, pero llegué muy cansada. Hasta mañana". Rubén toma la nota, la lee y la deja a un lado, toma los macarrones, los lleva a calentar en el microondas, espera unos segundos hasta oír la campana del aparato, los saca y se sienta a comérselos. Rubén se encuentra recostado en la cama frente al televisor encendido, en su mano sostiene el control remoto, los canales cambian de uno a otro, sin ningún interés en la programación, la apaga, su mirada perdida en la nada, solamente el deseo de no pensar en nada, de descansar de todo.

Una parte del mundo nos lleva a la confusión, el ruido, la ambición, la falta de amor, nos hace olvidar y no escuchar la voz que llevamos dentro, ¿Qué necesitamos para llegar a la felicidad?¿Qué necesitamos para mantener la felicidad?¿Por qué creemos que la felicidad no es eterna?, y en la agonía de la ignorancia creemos que Dios se ha olvidado de nosotros, esperando que regrese sin darnos cuenta que Él siempre ha estado aquí, en el aire que respiramos, al despertar, en los cuidados de una madre, en la sonrisa, en el árbol, en todo el universo, dentro de nosotros mismos, y nos preguntamos cuándo será su regreso mientras nos destruimos. Sin saber que la pregunta que nos debemos hacer es: ¿cuándo despertará nuestra conciencia?, para darnos cuenta que el mundo es tan grande, tan maravilloso, tan rico, que a todos nos ofrece más de lo que creemos merecer. Chedrik sentado en un sillón sin entender, sin saber, porque aunque ha sido un gran compañero para Blanca, no puede pensar, no puede ver más allá de sus ojos de botón zurcido. Blanca termina de leer, voltea a ver a Chedrik para preguntarle qué le pareció. −¿Qué? A poco no te gustó, si se me hace que está profundo, ¿entonces qué lo borro?... Bueno, no lo borro ¡Quién te entiende! sabes, mejor lo dejamos así y luego lo revisamos, ¿qué te parece? Blanca termina de hablar con su oso de felpa y continúa escribiendo en su computadora.

La campana de la escuela suena, los padres se despiden de sus pequeños, una maestra cierra la puerta de la entrada, Uriel con su mochila colgando de los hombros, camina por su salón, se quita la mochila y la avienta debajo de su pupitre, se sienta, la maestra de español entra por la puerta.

Esos días sí que no entendía nada, fue una semana muy confusa, las clases pasaban, los maestros entraban y salían y no me daba cuenta del tiempo, cuando menos pensaba ya era la hora de salida. Caminaba siete cuadras al parque, me sentaba en una banca sólo para ver a las personas pasar, todavía no recuerdo qué era lo que me gustaba de ver a las personas si solamente era un niño, qué les podía yo analizar. Un niño jugando con un palo molestando un hormiguero, la señora lo regaña por miedo a que lo piquen, pero sin moverse, sólo observa al pequeño jugar, tratando de descubrir por qué las hormigas se mueven tanto. La señora le dice al niño que las deje, que ellas están en su hogar, el niño se acerca más a ellas, las mueve con el palo de madera y con su voz aún chillante le dice a su mamá–No me hacen nada son mis amigas-. Ese niño sí que pensaba diferente, yo creo que tenía tres años, pero qué bello pensar que las hormigas eran sus amigas, pero en ese momento no puse atención, sólo me preocupaba que Dios le respondiera a mi amigo Adán para que encontrara paz, sin darme cuenta que en mis pensamientos yo estaba perdiendo la mía. Ahora entiendo que ese niño le decía a su mamá una gran verdad que salía de su corazón, la gran sabiduría infantil.

Uriel, pensando en su amigo Adán, se queda ahí sentado viendo al pequeño jugar con las hormigas. Pasaron horas, la mamá seguía dándole órdenes al pequeño, el cual sin ningún piquete de hormiga seguía jugando con ellas, mientras Uriel perdido en su mente lo observa jugar.

Chedrik, el desgastado oso de felpa está sentado junto a Blanca mientras ella escribe en su computadora cada uno de los pensamientos, qué sueña, qué siente, qué imagina. La juventud es nuestra mejor aliada o nuestra gran enemiga. Es en esa etapa de nuestra vida cuando podemos hacer las mejores cosas o cometer los más grandes errores, Fortaleza y Audacia, la regla perfecta para llegar al éxito o al fracaso. —Ya vez Chedrik, es como una suma peligrosa. Sabes, en la biblia viene que el mal comienza en la adolescencia, eso quiere decir que es ahí cuando los padres deben de estar más al pendiente, me pregunto si también le pasará a los animales.

Por un momento Blanca interrumpe la charla que tiene con su mejor amigo el oso de felpa para seguir escribiendo.

Qué es lo que está dentro de nosotros que nos aleja de la felicidad, de la plenitud. Cómo sería si desde el inicio se grabaran buenos recuerdos y grandes logros, nos convertiríamos en unas personas inservibles que no conocen el sufrimiento, o llegaríamos más rápido al amor eterno, el sufrimiento es una simple ilusión, una percepción equivocada de los problemas.

Blanca, por unos segundos, deja de escribir,

voltea a ver a Chedrik. –Sí que es difícil guiar a una familia, ¿no crees?…con tanta mala información sobre la vida, creo que ahí está la respuesta, ponernos a estudiar. Se produce un gran silencio entre Chedrik y Blanca, durante unos segundo la cabeza de Blanca se llena de ideas y continúa escribiendo. *"El amor es aceptación, es perdón infinito, es simplemente amor, es el secreto de nuestra salvación, pero no un amor carnal y no el solo hecho de decidir amar, sino vivirlo como una decisión sin el egoísmo de sentir. Apartado de todo lo que nos distraiga y así nos aleje de nuestros malos pensamientos que no son más que el reflejo de la desidia por no querer aprender a controlar la herramienta más grande que Dios nos dio, nuestra mente".*

Blanca voltea ver a su amigo Chedrik y le dice–Pero cómo vivir sin distracciones, cómo alejarte de la realidad de este mundo, de la falta de amor, de la falta de comida, la falta de salud, la falta de dinero, ¡pobres de nosotros!, bueno, todos menos yo, a mí me queda poco de vida y así por fin me libraré de este cuerpo que me regresa ya cuando estoy a punto de llegar a la luz, a la paz, siempre me regresa… mejor continúo escribiendo, no vaya ser que no lo termine, ¿no crees?. ¿Y si no existiera el cuerpo?¿Llegaríamos más rápido a la felicidad?, el cuerpo nos crea los deseos y la mayoría son carnales, que grandioso fue Cristo al controlarse todos esos años, en verdad que es grande.

Blanca deja de escribir toma a su oso –Imagínate si Dios nos diera a todos ese don, digo los dones de Jesús Cristo, en verdad sería más complicada la vida, o es que a lo mejor ya los tenemos y no los sabemos utilizar y están ahí parados en algún lugar dentro de nosotros, bueno ya estoy soñando de más, mejor vámonos a dormir –Blanca toma a Chedrik, se pone de pie y se dirige a la cama para acostarse.

En medio de una calle oscura y llena de sombras por las viejas luces de las lámparas del alumbrado público, camina Gabriel con una botella de licor en sus manos, muy sucio, desarreglado y ebrio, tambaleándose de un lado a otro, se detiene justo frente a una vieja iglesia de estilo colonial, le da un trago a su botella, la deja caer al suelo, ésta cae lentamente hasta impactarse dejando pequeños pedazos de cristal por doquier. Gabriel camina por el largo pasillo central de la iglesia hasta llegar a un enorme crucifijo que cuelga en el centro del sagrario.

No sé qué me pasó en ese momento, algo dentro de mí me hizo gritarle, reírme, sentía miedo, coraje, una mezcla de todos los sentimientos estaban ardiendo en mi interior, pero lo único que quería era pedirle su ayuda, que me respondiera rápido.

–¡No sé si existes o eres una ilusión!, ¡tú crees que puedo educar a mi hijo en este mundo!, ¡dime por qué no haces nada!, ¡ya llévatelo de este mundo, para qué lo quieres ver sufrir! ¡Si al fin de cuentas todos vamos a morir!, de qué sirve que luche tan pequeño si a este mundo ya no le queda mucho–. En ese momento sólo quería desahogarme, no entendía cómo eran las cosas, no sabía nada de la vida, me sentía solo, no me daba cuenta que en ese momento lo único que estaba sucediendo es que ya era mi momento, el momento de despertar, el momento en el que Él me escogió, yo no decidí entrar por esa puerta, fue algo más grande dentro de mí que me llevó a entrar a gritar, a que saliera todo lo que mi corazón cargaba, le gritaba, ¡qué quería de mí!, ¿para qué estaba en este mundo?, ¡que ayudara a mi hijo!, ¡por favor, Dios, no lo dejes morir!, ¡te doy mi vida a cambio de la de él! Pero mi sufrimiento no dejaba ver que mi vida ya le pertenecía desde siempre.

Gabriel se deja caer sobre sus rodillas para pedirle perdón, para suplicar, su rostro lleno de lágrimas como un niño se desahoga frente a la cruz.

Recostada frente a su televisor junto a Chedrik está Blanca, de pronto una idea llega a su cabeza, emocionada se pone de pie rápidamente; por su estado de salud, todo movimiento brusco la marea, se detiene un momento para recuperarse, voltea a ver a Chedrik y le dice.

–¡Si ya sé!, no te apures me levanté muy rápido– su rostro pálido recobra su color.

Siempre culpamos a otros y a Dios de nuestras acciones ¿Cómo escribir algo sobre Él si nuestra naturaleza humana sólo limita nuestro entendimiento? Ansiosa por escribir algo se sienta frente a su computadora.

¿Pero qué escribo? si siempre le lloramos a Él y en estos tiempos casi nadie escribe sobre Él, pero eso sí, si necesitamos dinero o salud ahí estamos llorándole ¿Qué será lo que realmente espera de nosotros?, pero y si Él no espera nada de nosotros, ¡No!, eso no creo, si no mira como está el mundo por culpa de ese pensamiento, creo que espera que hagamos lo correcto... ¿Pero qué es lo correcto...? Yo creo que espera mucho de nosotros, ¿pero qué es ese mucho?, creo que ha de ser amor, así está más fácil, ya tengo por dónde empezar.

Sentado en una banca de un gran parque de Los Ángeles, justo frente a un lago artificial, observando nadar de un lado a otro a unos patos de cuello blanco, está Rubén. Entre la hermosa vista del lago artificial y él, sin importar nada a su alrededor, sumergidos en la música que sale de su aparato blanco pasa por los audífonos y llega hasta sus oídos, sin importar nadie más, frente a él, caminando unos jóvenes, se interponen entre Rubén y la paz. Las personas no se dan cuenta que poco a poco se van perdiendo en su mundo de pensamientos fijos, en la desolación de la mente y cuando queremos despertar creemos que ya es muy tarde y nos encontramos sumergidos en una espiral sin saber cómo salir de ella.

Por la plancha de cemento que caracteriza al gran reformatorio de Cd. Juárez, perdido en sus pensamientos, observando la vida que lleva cada uno de sus compañeros que, al igual que él, pagan una condena y añoran su salida, camina Germán de un lado a otro por todo el patio del penal. Germán observa los rostros de sus compañeros, todos ellos tratando de reflejar dureza. En una esquina junto a la pared de ladrillos, un rostro brilla sin poder ocultar su miedo y confusión, tratando de esconder la vergüenza y el pánico de estar encerrado, Germán detiene su mirada al ver el rostro de miedo del joven. ¡Pobre!, ha de tener como 19 años ¿Qué habrá hecho?, sí que tiene miedo, Dios ayúdalo. El Tronco, un joven de 30 años corpulento, sus tatuajes casi ocultan toda la piel de sus brazos, su sonrisa sarcástica brilla al ver al joven que trata de hacerse invisible escondiéndose entre una pared de ladrillo, al verlo clava su mirada como fiera salvaje y camina violentamente hasta el joven que no sabe como ocultar su miedo. Germán desde su lugar observa todo lo que está sucediendo, ve como el rostro del muchacho no encuentra hacia donde correr, no encuentra un lugar de escape. Sin más, el Tronco comienza a empujarlo bruscamente, lo golpea, le grita sin ningún motivo como un animal feroz, lleno de furia, desquitando todo su coraje con el joven que cada vez más grita y pide ayuda, su miedo lo deja paralizado sin poder defenderse. Unos presos al ver esa escena se voltean tratando de ocultar su dolor mientras otros se burlan del muchacho.

¡No te metas!, ¡no te metas!, ¡qué hago, Dios! es un niño, lo van a matar, ¡no!, ¡no!, qué haces, ya estás muy viejo, tiene la edad de tu nieto.

Germán se llena de valor, camina

apresuradamente hacia el Tronco, el cual patea violentamente al joven que yace tirado en el piso llorando y sufriendo de miedo y dolor, sin entender por qué alguien sin conocerlo le está causando tanto daño. Germán, al acercase al Tronco, lo golpea para que deje al muchacho en paz. –¡Ya estuvo, no!, ¡déjalo en paz!, no te ha hecho nada–El Tronco furioso trata de golpear a Germán pero en los años que lleva detenido se ha ganado el respeto y cuidado de los guardias y sabe que no lo puede tocar, así que el Tronco decide guardar su rabia y se va de ahí sonriendo sínicamente sin antes escupir al joven que está en el piso lleno de sangre y lágrimas. –Anda muchacho, levántate– Germán ayuda a ponerse de pie al joven. –Tranquilo, hijo, todo va a estar bien. El joven se pone de pie mientras intenta limpiarse las lágrimas con su brazo derecho.

Sentado en una banca del patio de la escuela está Uriel, comiendo un delicioso burrito de huevo con jamón, él observa como los niños juegan a los encantados. Mientras saborea su desayuno, él disfruta de las caras y gestos que se quedan plasmadas en sus compañeros al ser atrapados por el que trae la mano. María, una niña morena de pelo largo liso, vestida con su uniforme de cuadros azules y rayas rojas con verdes se acerca a Uriel–¿Por qué no estás jugando?–le pregunta ella, Uriel le sonríe y le contesta que no tiene ganas. María se sienta junto a él, abre su lonchera y saca un rico y sabroso sándwich de mortadela con queso, ella le ofrece a Uriel, pero él sin decir una sola palabra le enseña su burrito.

¿Qué habrá pasado con María?, tengo mucho que no la veo, ella sí que era una buena niña, siempre con buenas calificaciones, no sé por qué sus hermanos se burlaban tanto de ella, sí que era estudiosa y siempre convidaba de su desayuno, espero y la esté pasando bien en la vida. Porque sí se lo merecía, ella fue la que mejor me ayudó a rezar.

Como era de esperarse, no podía de dejar de hacer la pregunta, Uriel con ganas de preguntar la voltea a ver y le dice —oye, ¿tú crees en Dios?— no dudó en responderme, claro una niña que siempre se preocupaba por sacar buenas calificaciones, que además era feliz a pesar de las burlas de sus hermanos, era obvio que conocía a Dios, no sólo lo conocía, era bendecida por Él, con esa sonrisa y siempre tranquila, era porque en verdad Dios estaba en ella.

—Yo nunca lo he visto, pero mi mamá rezó mucho para que la curara y se curó y desde esa vez, aunque no lo vea sé que sí existe.

Le conté mi problema, que mi mamá me dijo que ya no me juntara con Adán, que le había rezado todas las noches a Dios para que ayudara a mi amigo, le pregunté si alguna vez lo veríamos. Ella era una niña muy centrada, me dijo que Él está en todo el mundo e incluso dentro de nosotros, pero que no lo vemos, que no sabía porqué pero ella después del milagro de su mamá, estaba segura de que Dios sí existía. Ese día recibí un gran consejo de la mamá de María, aunque nunca me lo dio personalmente y no supo que me lo dio. Esa es la maravilla de las buenas palabras que dejan los padres en los hijos, y de los labios de María salieron los mejores consejos de su madre hacia mí.

—Mi mamá siempre dice que no hay que escuchar a las personas que nos hacen dudar de lo que creemos, ni jugando, no sé muy bien qué quiere decir, pero tu mamá tiene razón, no escuches a Adán, no sabe lo que dice—Uriel, sin entender le sonríe. María, moviendo sus pies que cuelgan de la banca porque por su tamaño no alcanza a tocar el suelo, emocionada por el consejo que le dio a su amigo, continúa comiendo su sándwich.

Ahora lo entiendo, sé que en la vida se te acercan personas buenas, personas que quieren siempre algo de ti y personas que no saben lo que dicen, ya sean personas con un buen corazón o personas sin sensibilidad. En mí estará la decisión de permitirles acercarse más o alejarlos de mi vida. Pero bueno, en esa etapa de mi vida y me refiero a la de niño, yo pensaba que iba a cambiar al mundo, que podía cambiar a las personas así que seguí con mi plan de ayudar a mi amigo Adán.

"El Pajarito", la cantina más antigua de Agua Prieta, Sonora. Un lugar de cuidado, donde todos los alcohólicos de la ciudad se reúnen, siempre lleno de mujeres en búsqueda de llenar su soledad, frente a la barra, ya muy tomado, está Gabriel. Frente a él una gran botella de tequila ya casi vacía, al fondo el cantinero y otros dos hombres juegan domino.

¿Cómo pensar?, si de esta manera es más fácil, yo creo que por eso mi abuelo tomaba todos los días, para así soportar el dolor del egoísmo y el abuso de este mundo. Algo dentro de mí me decía que no estaba bien. ¿Pero cómo pueden tomar hasta embriagarse? Y yo no, mi cuerpo no lo soporta, que está mal dentro de mí que no puede desahogarse en el alcohol, a mi abuelo se lo aplaudían, ¿por qué yo me lo reprocho?

Gabriel se pone de pie tambaleándose de un lado a otro, toma la botella con lo que queda de tequila y, como puede, camina hasta la salida del lugar, el cantinero y sus compañeros lo ven, se burlan hasta que Gabriel sale del sucio y antiguo lugar. Las viejas bombillas de luz llenan de contraste y sombras toda la calle mientras acompañan cada paso de Gabriel.

Lo único que recuerdo es que ese momento fue el más doloroso de mi vida, no sabía qué había pasado, cuando desperté no tenía cartera y estaba todo orinado, cómo podía haber caído tan bajo, ¿qué me sucedía? Acaso quería acabar con mi vida, nunca se me va a olvidar cuando desperté al salir el sol en la avenida primera.

Gabriel llega a la esquina de la calle segunda y avenida primera, dos jóvenes se acercan a él, lo golpean en la cabeza dejándolo inconsciente, uno de ellos lo esculca y le quita la cartera, los jóvenes burlándose corren, dejando a Gabriel inconsciente en el suelo.

Imagino que así ha de ser mi nieto, pero porqué lo habrán detenido tan joven.

Germán está junto a Pablo, el joven que salvó de la golpiza en el patio del reclusorio, el viejo luce emocionado, con la presencia de Pablo ha disminuido su dolor, cada día emocionado espera el momento para poder platicar algunos minutos e incluso horas con el joven, le recuerda tanto a su nieto, cada día que pasa con él le va tomando cariño.

–Sabes, tengo un nieto de tu edad–El rostro de Germán refleja alegría y gozo al platicar de su nieto, pero las cicatrices de tantos años de abandono en su corazón hacen que ese gozo sea como una ilusión para el viejo. Pablo pregunta por el nieto, porqué nunca lo ha visitado. Germán contesta.

–Es una larga y triste historia. Si supieras chamaco, uno comete errores por no saber que estamos aquí para ser felices.

¿Pero por qué me duele todavía?, ¿porqué no puedo sentir el perdón?, ¿qué debo hacer?, ¿cómo llego al perdón?, ¿va a ser así toda mi vida?, ¡estúpido alcohol!, nadie más que yo me llevó a vivir en este infierno. –Sabes chamaco, la vida es dura a veces, pero lo que sí sé es que deberíamos aprender a perdonarnos, ¿no crees?, lo único que espero es el día que me dejen salir de aquí para ir a buscarlo–le dice Germán a Pablo. El joven amigo le pregunta sin delicadeza: –¿Y si ya no lo conoce? –¿Cómo hace preguntas este chamaco, ha de ser por la edad? Bueno, ¿y a ti porque te encerraron?

– A mí, pues por querer empezar a tirar droga, pero los de la banda me usaron como chivo y pues aquí estoy, la verdad yo ni sabía, pero pues allá afuera no conseguía trabajo y ya necesitaba pagar la colegiatura de la escuela, pero ya ve–. Pobre chamaco, en verdad que no sé qué decirle.

Germán sin palabras se queda en silencio.

Gabriel desarreglado y con un rostro de mal dormir, entra a la iglesia de Guadalupe justo frente a la plaza, recuerda que alguna vez la había visitado, de nuevo camina hacia el crucifijo que está en el centro del sagrario, se acerca y en una banca se sienta a contemplarlo. Sin darse cuenta entra un joven con una guitarra, se sienta unas bancas detrás de él y comienza a cantar, el rostro del joven comienza a llenarse de gozo, de paz, de felicidad, su voz se sumerge en lo bellos cánticos que salen del corazón.

¿Cómo podré yo sentir esa paz?, ¿qué necesito hacer para ser feliz? "Para que nada me falte, para que mi familia viva feliz". La voz, la letra, todo llega al corazón de Gabriel, el cual comienza a llorar a suplicar perdón, a pedir ayuda, a gritar misericordia. La guitarra toca todos los acordes, los más armoniosos, los más gloriosos logrando transmitir el amor y la paz, cada una de las notas que se impregnan en el corazón, en la sangre de Gabriel, convirtiendo ese dolor en lágrimas de liberación. La música continúa, llegando así a todo el mundo, a cada uno de los rincones de este planeta, a cada corazón que sufre y que busca una respuesta, busca ponerle fin a su sufrimiento.

Las regaderas comunes del reclusorio de Cd. Juárez. Germán, solitario, disfruta de su baño, sintiendo en su corazón un poco del amor de su nieto, reflejado en el nuevo amigo que tiene, el agua cae en forma de gotas por todo su arrugado cuerpo, los años han pasado por ese viejo y el sufrimiento se lo ha ido acabando poco a poco, pero estos últimos días su corazón ha experimentado una pequeña parte del perdón. Detrás de él con un tubo de fierro en la mano entra el Tronco y sin más lo golpea hasta dejarlo en el suelo, el agua y la sangre se mezclan. El cuerpo de Germán yace en el piso sin entender qué le acaba de suceder, es como si el instante entre el golpe y la reacción del cerebro se hubieran perdido en algún lugar de su cuerpo.

Lilia se asoma por la puerta del cuarto de Blanca para decirle que ya está la comida. Lilia y José, sentados a la mesa, esperan a Blanca para que los acompañe. Chedrik colgando de la mano de Blanca la acompaña.

–¡Hasta que te dejas ver!–le dice José con una sonrisa en

su rostro.

Blanca se sonroja y sonríe. –¡Hola, papi!- Blanca le da un beso a su papá y se sienta, como de costumbre le toma la mano para hacer la oración de los alimentos. José comienza a hacer la oración.

–Padre, bendice estos alimentos, bendice las manos que los hicieron, bendice a mi bella hija, a mi esposa, llena de bendiciones este hogar, gracias por ser tan bueno, amen–Todos repiten "amen".

–Y qué me cuentas, papá– José sonríe por la pregunta de su hija,

–¡En verdad, cuéntame algo!–Ay hija qué te cuento. Mejor cuéntame tú cómo va ese libro, ya lo quiero leer.

Ay, como si no me diera cuenta que cada vez que mi mamá me lleva a consulta, los archivos de la computadora están todos movidos, pero qué tiene, yo creo que esos pequeños momentos que husmea en mis escritos lo ayudan a estar tranquilo de lo que hago, y así ya no se preocupa de que este de ociosa, creo que él lo ha superado más rápido que mi mamá.

–Ya mero, papá– le contesta Blanca mientras le sonríe.

Clínica 8 del seguro de Cd. Juárez, Chihuahua, un grupo de paramédicos corren apresurados con Germán en una camilla. Se acercan a la entrada del quirófano, lo cambian de camilla. ¿Pero qué estoy haciendo aquí?, ¿Porqué no siento nada?, ¿Porqué no me escuchan?, ¿Qué sucede?, ¿Qué me pasó?, ¿Porqué están asustados?, ¿Qué fue lo que hice?, ¿Qué sucedió?, ¿Porqué estoy en este hospital?, ¡por favor!, ¡que alguien me escuche!, ¡no siento nada!, ¡escuchen por favor!, ¡qué me pasa!, ¡Dios por favor!, ¡no dejes que me muera! Necesito ver a Rubén, te lo suplico, sólo una vez, ¡por favor Dios ayúdame!

Dentro de la Iglesia el joven deja de cantar, deja su guitarra y sólo se queda contemplando el rostro sangrante del crucifijo. Gabriel cansado de llorar, de la misma manera que el joven contempla ese grandioso Cristo que llena el centro de la iglesia. El silencio, la tranquilidad, la paz, el gozo, sin ningún pensamiento, sin ninguna aflicción, todo es paz, todo es amor, todo es consuelo. Pasan las horas, el joven se retira, sin darse cuenta Gabriel disfruta el momento presente, las personas entran y salen hasta que la misa comienza, Gabriel entre las personas continúa quieto contemplando el amor verdadero que por primera vez se permitía recibir. Esa noche, al dar el primer paso por la puerta, mi mente se nubló, quería decirle tantas cosas, quería pedirle perdón, quería vivir, quería decirle que ya sabía lo que era vivir, que necesitaba ayuda, que sin ella no iba a salir adelante, pero al ver a Claudia sentada frente a la televisión, mi cuerpo y mi mente sólo pudieron aventarse a sus brazos para llorar y pedirle perdón. ¿Qué podía decirle? No encontré más palabras dentro de mí, yo le quería decir que era la mejor mujer, que era digna de amor, digna de una mejor vida, digna de un hijo sano, digna de tener un esposo que la respete, pero mi boca solamente pudo decir perdón.

V

Esa noche, dentro de mí nació la inquietud, tenía que llevar amor a las demás personas, así que algo dentro de mí me llenó de valor para enfrentar el no de mi papá y obligarlo a convertirlo en un sí, ese día nació mi gran idea, tenía que ir a buscar ayuda, así que fui a su cuarto y como de costumbre frente al televisor.

–¿Qué haces, qué hay en la tele?–él me contestó que nada, entonces para qué la ve, en verdad que no se por qué vemos la televisión. Nerviosa por la costumbre de oír el no de mi papá a la mayoría de mis locuras, mi estómago sintió hormigas, pero si quería convencerlo tenía que escoger bien mis palabras. –Papá quiero ir a platicar con los enfermos del hospital.

José deja de ver la televisión y voltea a verla y con la mirada le responde que no. –¡Ándale papá!, eso me ayuda mucho, sólo una hora diaria.–Ya te dije que no–. Lilia, desde la puerta de su recámara, escuchó y vio todo, con una mirada hizo que su marido cambiara de opinión. No muy de acuerdo con su esposa le contesta–Está bien, pero tu mamá va a ir contigo a todos lados–. Lilia sonríe, Blanca se levanta emocionada y corre a su cuarto sin antes darles un beso a sus padres.

Frente a su computadora Blanca escribe, a un lado de ella está Chedrik acompañándola en su larga travesía por la literatura. "¿Por qué la gente se hace daño a sí misma? "Chedrik estático observa lo que Blanca escribe. Cómo es posible que las personas no se den cuenta que sólo estamos aquí de paso, en verdad qué fortuna los que nos damos cuenta de eso, yo me di cuenta gracias a la seguridad de cada doctor y su poca esperanza de vida en mí, pero sí que se ha alargado mi estadía aquí. Deberíamos de luchar por obtener el cielo, pero ya se nos olvidó y perdemos el tiempo inventando nuevas tecnologías, nuevas religiones y al final qué ganamos con eso si perdemos nuestra felicidad. No debería de ser así, es injusto para las demás personas, yo ya sé que me voy a morir y mi agonía ha sido muy lenta y creo que de la misma manera agoniza este mundo, sólo porque no nos educamos en el amor, cuando uno habla de amor o escribe de amor es cursi, pero es momento de que despertemos y no nos dejemos vencer por el dolor, la ambición o el poder. Tienen que despertar como yo desperté ese día junto a Jaime, esa angustia desapareció cuando acepté mi vida y me di cuenta que tenía que vivirla. Este mundo sí es bueno, las personas sí son buenas, sólo nos falta conocer un poco más sobre el amor, no quedarnos con la idea romántica del amor. Sé que debo de hacer algo, y sé que algo dentro de mí es nuevo, ahora siento angustia por los demás, algo me dice que ya es mi momento, que ya es hora de salir y hablar, algo dentro de mí me dice que las personas están sufriendo porque no conocen el perdón, no conocen la misericordia. Gracias, Dios, por haberme hecho especial, por llenarme del don de saber que yo ya moría y así poder ver que cada día en mi vida ha sido una gloriosa bendición.

Blanca, llena de lágrimas, deja de escribir. Las lágrimas caen una a una sobre el teclado de su computadora; las emociones inundan su corazón, sus pensamientos, que por un momento desahoga frente a Chedrik, frente a la computadora, y su recuerdo frente a Jaime su árbol, todo pasa en su mente, en su ser.

Hincado frente a su cama, está Uriel diciendo sus oraciones antes de dormir. "Diosito te pido, por mi amigo Adán, no sabe lo que dice, no entiende que sí existes, es porque no te ve, por favor Diosito aparécete para que te vea, te lo suplico; a mí no, yo sí creo; a mi amigo Adán, él es un buen niño, sólo es que ha sufrido mucho, por eso se porta mal, a mí no me importa si no te veo, yo sí creo en ti, por favor, también ayuda a todos a que vean que Adán es un buen niño". Carmen se asoma por la puerta y al ver a su hijo rezar, sonríe.

En ese momento aprendí a sentir el poder de mis palabras, no sabía cómo iba a suceder pero sabía que Él me escuchaba, en ese momento me di cuenta y, a esa corta edad, aprendí que si uno pide, siempre Dios en el cielo te escucha. Todavía ni ahora he sentido lo que esa vez sentí, y vaya que he rezado muchas veces más para tratar de sentir una pequeña parte de lo que mi corazón sintió ese día, cuando era apenas un niño.

¿Cuándo será el día que pongan mejores películas en la televisión? Sentado frente al televisor esta Rubén con el control remoto en la mano cambiándole de un canal a otro, sin saber qué ver. ¿Qué necesito para saber qué hacer, porqué lo extraño tanto, si ya paso tanto tiempo, qué me pasa, porqué tengo que perdonarlo yo, porqué pienso en él si hace mucho decidí ya no saber más de él, porqué tuvo que ir Lupita a verlo? ¿Estará enfermo? ¿De qué me sirve pensar en él, si él fue el que se equivocó, no yo?

Rubén continua cambiando de canal la televisión sin enterarse de lo que está viendo, sumergido en sus pensamientos tratando de encontrar un respuesta a lo que pasa dentro de él.

Sin darme cuenta de los planes de la vida ese día fue el inicio de algo dentro de mí, un cambio que yo no sabía a dónde me llevaría, en ese momento era muy joven para entender, aunque mi conciencia había crecido un poco más, por todo lo que había vivido de niño, lo de Germán, lo de mi madre, el cruce por el desierto, las personas que murieron, el abuso de los polleros, todo eso había hecho mi mente más calculadora, mi corazón más duro. Pero ese día empecé a ver de nuevo algo, empecé a sentir cómo mi corazón latía nuevamente, ese día fue el inicio de la gran lucha entre mi corazón y mis pensamientos.

La mente de Rubén ya no podía con tantas cosas, cansado de pensar, apaga el televisor, se pone de pie y camina hasta su recámara, se avienta a la cama, sabe que es difícil controlar los pensamientos, se mueve de un lado a otro, sin poder tranquilizar esa lucha que su corazón enfrentaba con la dureza de su cerebro. Pasaron horas y él continuaba sin saber qué hacer, sin poder dormir, pensando en Germán, en el perdón, en el dolor, el sufrimiento. La angustia invadía su cuerpo, fue así el inicio del fin de una lucha entre el amor y el odio, y después de varias horas sus ojos cansados se cerraron cayendo en un profundo sueño de descanso que sólo se puede lograr cuando una batalla está siendo ganada, la batalla del amor, la batalla del perdón, las únicas guerras que te llevan a una liberación, la verdadera liberación del alma.

Vestido de traje, un poco nervioso y ansioso desayunando frente al comedor está Gabriel, junto a él en una carriola está Sebastián. Frente a ellos junto a la estufa cocinando dos huevos estrellados está Claudia. Ella, segura de sí misma y sonriente, voltea a ver a su marido. –Vas a ver que te van a decir que sí, no te preocupes, amor, todo va a salir bien.

–¿De dónde saca tanta fuerza para pensar siempre así, cómo puede estar tan segura, de dónde proviene su Fe, qué tiene ella de diferente, porqué siento extraño cada vez que ella me dice cosas así, porqué no me siento digno de tener un gran trabajo, qué fue lo que me pasó, qué tengo en mi cabeza que no puedo pensar como ella? Dios, por favor, dame un poco, tan sólo un poco de Fe, sólo eso necesito para ser feliz, para poder enfrentar esto.

Gabriel, al oír las palabras de Claudia, sonríe sin saber qué decir. —Mañana tenemos cita con el doctor, por el dinero no te preocupes. Mi mamá ya me envió para la consulta.

Pero si Dios me castiga por mis errores, ¿cómo puedo saber si Él está conmigo, si no he sido bueno, pero todo en lo que me equivoqué fue porque no sabía lo que hacía, qué necesito hacer para sentirme digno de una vida mejor?, ¿Cómo puedo tener Fe?, ¿Cómo puedo amar a mi esposa?, ¿Cómo puedo darle lo mejor a mi hijo?, sino sé qué me está pasando.

Claudia, sin saber todas las cosas que su marido estaba pensando, lo único que podía percibir era la angustia y el miedo, se acerca a él y sin saber porqué de su boca salen unas hermosas palabras en un tono muy suave que logran tranquilizar al afligido Gabriel. —No tengas miedo, todo va a estar bien, ya veras, todo va salir muy bien, Dios está en nosotros, está en tu corazón, no tienes idea de cuánto te ama y eso nunca lo olvides, y debes de estar seguro que a Él no le gusta vernos sufrir. ¿Porqué me dice esto? Ya no puedo más, algo dentro de mí brinca de gozo, ¿Así es como es esto? ¿Porqué me dice esto?, es lo que necesitaba oír, ¡por favor, Dios, perdóname!, en verdad te doy gracias. Gabriel suelta el llanto, se abraza fuertemente a Claudia y de su boca temblorosa por el llanto sale ¡Gracias! Claudia, sonriendo, con su mano toma su camiseta de dormir, le limpia las lágrimas a su esposo. –¡Ánimo!, ya no llores para que vayas feliz a esa entrevista-. Claudia se dirige a la estufa, toma el sartén con los huevos y los sirve en un plato. –Es hora de desayunar–le sirve el plato a Gabriel, toma un plato hondo con papilla de manzana y se sienta justo frente a Sebastián.

¡Gracias, Dios!, ¡gracias!, por favor te pido paz en este hogar, ayúdame a conseguir ese trabajo, para poder ganar más, tú sabes que necesitamos el dinero, ayúdanos por favor.

Gabriel termina de desayunar, se pone de pie, se acerca a Claudia y le da un beso en la frente, ella le sonríe, él sale de la casa, se sube al auto y comienza a manejar por la calle 2.

¿Desde hace cuándo que no le doy un beso apasionado?, ¿Porqué hemos dejado de salir juntos?, ¿Por qué me sigue amando?, tanto tiempo sin detalles, ¡concéntrate!, ¡debes de pensar positivo!, ¡soy muy bueno!, ¡tengo éxito!, ¡me van a dar el trabajo!, ¡me merezco un gran salario!, ¡Dios me ama!, ¡Dios me ha perdonado!

Gabriel siguió manejando, luchando dentro de su mente por mantener pensamientos de vida, pensamientos positivos, su mente y corazón se habían abierto a buscar todo lo que dentro de él le ayudará a ser una mejor persona. Él estaba dispuesto a luchar, a cambiar la forma de pensar que había, sin saber, sin querer, heredado de sus padres, de sus antepasados, para llevarlo hasta ese momento, hasta el momento de aprender a desaprender y así tomar las riendas de su vida. Desde la avenida 36 hasta la 2, él maneja, mientras piensa, analiza y siente el principio de un cambio en su vida.

Recostada en su cama de espaldas a Chedrik está Blanca platicando con él. –¿Sabías que el éxito en las personas depende de lo que les enseñaron en el pasado? por ejemplo, si tú fueras humano, a lo mejor hubieras aprendido del amor de mis padres y el deseo de vivir y de viajar mío, pero como eres un osito de peluche sólo puedes hacerme compañía y por eso te quiero tanto, esa es tu función.

Todo lo que escuchamos desde que nacemos tiene efecto en nosotros, las palabras de nuestros padres, nuestros hermanos, amigos y profesores serán las que nos ayuden a enfrentar nuestros éxitos y fracasos, creo que es por eso que existe en este mundo tanta gente sufriendo sin saber porqué. Es un poco complicada la mente humana, el primer problema de nuestra naturaleza es dejarnos vencer por la pereza, creo que es la causante de todo, es la causante de no estar al pendiente de los niños, es la causante de la ambición, es la causante de tanta contaminación, es la que nos aleja de aprender y buscar ser mejores personas. Pero, a pesar de toda ésta complicación, siempre está Dios y si nos diéramos cuenta que si confiáramos en Él, no importa si sólo hacemos una cuarta parte de lo que queremos, Él nos llevará a nuestro destino; pero nuevamente la pereza nos aleja del tener Fe, porque es más fácil vivir en nuestro caparazón que salir a buscar ser mejores personas. Blanca voltea a ver a Chedrik, lo toma del brazo y se lo lleva a la computadora. –Sabes, Chedrik, yo creo que he vivido tanto tiempo para que me pusiera a escribir.

Blanca se sienta frente a la computadora cuando de pronto Lilia toca a la puerta, se asoma y le dice a Blanca que saldrán a comprar algunas cosas al súper y le pregunta si no se le ofrece nada. –No, gracias mamá, que les vaya bien-. Desesperada por escribir, Blanca, en cuanto su madre cierra la puerta, sus manos emocionadas por los pensamientos que surgen en su mente comienza a escribir en su computadora ¡Te amo!, ¡eres fuerte!, ¡tú puedes!, ¡Dios te cuida siempre!, ¡no te preocupes!, ¡yo te perdono!, ¡ten Fe!, ¡Yo estoy contigo! Están son las palabras que todo hijo debe de oír. De pronto, la puerta se abre e interrumpe a Blanca, por el marco se asoma José, –¿Qué haces?– le dice su papá,–nada, escribiendo cosas que los papás deben de decir. A lo lejos se oye la voz de Lilia gritarle a José para que se apure, José sonríe y le dice a su hija –¿Vas a estar bien?–Blanca le sonríe y desesperada porque se vayan para poder liberar su mente de las palabras que necesita, escribir le sonríe y le dice –sí papá, no te preocupes, todo va a estar bien. En cuanto José cierra la puerta nuevamente las delicadas manos de Blanca escriben todo lo que su corazón quiere dejar en este mundo.

¿Cómo poder ayudar a las personas? para que se den cuenta que debemos de buscar lo mejor para nosotros, que lo que creemos que es bueno en este mundo no es la realidad, sólo es nuestra percepción manipulada por todo lo que vivimos de niños, por todo lo que vimos en el transcurso de nuestra vida y todo lo que nuestro mundo nos dice que creamos. No existirían los divorcios, los abortos, las guerras, si sólo nos detuviéramos a pensar que a lo mejor nosotros no tenemos la razón, que a lo mejor nosotros no somos los buenos; sólo puedo pensar que los que mataron a Jesús eran los buenos de esa época, esto sí me duele, ¿cómo saber que yo no tengo la razón?, ¿cómo puedo respetar a los demás?, ¿qué necesito hacer para darme cuenta que más allá de lo que yo veo, existe una realidad? y que esa realidad no todos la pueden ver. ¡A lo mejor nos falta un paso más en la evolución de nuestra mente!, una conciencia en la que nos demos cuenta que existen leyes naturales, leyes de respeto y de amor, pero no un amor carnal, ni un amor humano, debe de ser un amor que trascienda nuestra humanidad, un amor que a pesar del dolor y del sufrimiento se revele más allá de generaciones y que simplemente cuando sientas tanto dolor, ¡te llenes de ganas de amar!, ¡porque sólo así! y sólo en ese momento lograrás darte cuenta que en verdad no sabemos lo que hacemos.

Para mí era un gran día porque iba con mi mamá al hospital, no porque nunca hubiera ido a uno, si los primeros años de mi vida viví en uno. Pero esta vez era diferente, esta vez no iba a que me ayudaran, sino iba a ayudar un poco, brindar un poco de amor del que me dio la vida a mí. Cuando bajé de la camioneta de mi mamá y caminé a la puerta, las mariposas inundaron mi estómago, no sabía porqué me sentía de esa manera, pero lo que sí sé es que algo dentro de mi brillaba y que ese algo lo tenía que repartir entre los demás, darles un poco del amor del que mis padres me dieron, tanto tiempo que pasé en los hospitales aprendí a darme cuenta que la mayoría de las personas ahí tienen miedo; y de nuevo, sentía la obligación de compartir un poco de amor, no sé si era el hecho de sentirme afortunada por saber que al día siguiente no viviría o por el hecho de haber aguantado más tiempo del que cada doctor predijo. Sin embargo, este era mi día y no sabía por dónde empezar, me acerqué al mostrador y ahí estaba Gaby, mi amiga, la gran enfermera que siempre me cuidó muy amablemente en cada recaída, para esto mi mamá ya había hablado con ella y como si fuera mi destino ya tenía una lista de pacientes que podía ver, ni siquiera me detuve a preguntar qué enfermedad tenían, para mí eso no era relevante, ni la inquietud de saber nació en mí, yo sabía que el sólo hecho de pensar o saber el nombre de una enfermedad era quitarle el valor a la vida, así que decidí caminar a mi destino, por el largo pasillo blanco hacia mi primera habitación; y como por arte de magia, al abrir la puerta, ya sabía qué decir y qué hacer, es como si lo hubiera practicado muchas veces pero con cada uno fue diferente. Fue un día grandioso para mí, primero fui con Danny, un gran niño, muy feliz, siempre sonreía y me contaba todos los chistes que su papá le contaba cuando regresaba de su trabajo, sí que me recuerda mucho a mí a esa edad, casi sin miedo, entendiendo más la enfermedad que padecía inclusive más que los adultos. Después de Danny, seguí con Marcela, una gran señora, un poco gruñona pero para el final del día ya me había platicado de sus nietos y de todas su aventuras con su esposo, me contó cómo conoció a su esposo en un fiesta de la universidad, emocionada y con un brillo en los ojos, cómo encargaron a su segundo hijo en un viaje que hicieron de Mochis, Sinaloa, a Chihuahua, sí que se divirtió, no sé si yo estaba lista para oír todas esas cosas, pero lo que sí logró fue echar mi imaginación a volar. Creo que a mis papás les falta eso, se la pasan todo el día cuidándome que no han tenido ni un momento de paz sólo para ellos. Y por último, visité a Don Miguel; fue un momento muy duro, al abrir la puerta y verlo ahí recostado, conectado a los tubos, por primera vez no supe qué decir, me acerqué a él, caminé hasta la cama, él estaba ahí sin poder oírme, con los otros había sido fácil sólo tener que escuchar, pero con él no, ¿cómo se desahogaría? Si no podía hablar. Había leído que una persona en ese estado, sí escucha lo que se les dice, pero no sabía qué decirle. ¡Vamos, Blanca, tú escribes siempre! ¡Habla!, ¡tú sabes!, ¡no te quedes ahí parada!¡Reacciona, dile algo! No era tan fácil, no era como estar frente a la computadora.

Blanca se acerca a Don Miguel, se hinca junto a la cama y le toma la mano.

No sé qué pasó en mí, pero las únicas palabras que salieron de mí fueron empujadas por una paz más fuerte que yo, no sabía porqué lo decía, pero algo dentro de mí más fuerte ordenaba mis pensamientos y los convertía en una hermosa oración. −¡Padre!, bendice a este hombre, llénalo de paz y tranquilidad, dale todo el amor que necesita para vivir, ayúdalo a encontrar las paz y la libertad, dale la fuerza para enfrentar todo lo que está viviendo y lo que va a vivir, yo sé que Tú lo escuchas y que desde su corazón él te pide que lo abraces y lo bendigas hasta encontrar el descanso eterno-. Fue hermoso, que incluso llegué a sentir que Don Miguel oraba conmigo desde su silencio, sólo pude durar unos segundos más, en verdad me siento muy agotada, me paré, caminé a la salida y vi, al final del pasillo leyendo una revista, a mi mamá, como siempre esperándome, caminé hacia ella para irnos, no sin antes darle un abrazo a Gaby, mi mejor amiga desde los cinco años, mi segunda madre, todavía recuerdo ese tierno rostro de la enfermera que en su primer día de trabajo se preocupaba por cuidarme cada vez que entraba a urgencias en este gran hospital.

Sentado en la banca de la iglesia, está Gabriel luchando con sus recuerdos.

Hace tres años, lo busqué, sabes, él era del DF. Era mi cumpleaños y ya andaba muy borracho, pero algo dentro de mí quería saber por qué se había ido, qué hicimos mal, porqué nos dejó en esta ciudad, así que registré todos los cajones, yo me acordaba que mi mamá guardaba todos los teléfonos en una vieja libreta, hasta que la encontré, sólo había un teléfono del DF, así que supuse que ese era. Marqué y contestó una señora, le dije quién era y que estaba buscando a mi papá, mi mamá nunca me quiso hablar de él, ni de su familia, pero una vez escuchando, oí que él tenía un hermano Roberto, así que ya tomado y sin miedo le dije a la señora quién era, ella no me conoció, me dijo que no sabía de qué le hablaba, fue cuando le dije que mi papá tenía un hermano que se llamaba Roberto, en ese momento supo quién era mi papá. Sólo guardo silencio. Ha de haber sido muy confuso para ella decirle al hijo que nunca conoció a su padre que él ya había muerto. Es por eso que no sé cómo ser papá, pero aquí estoy de nuevo ante Ti, para decirte que sí quiero, que sí quiero ser mejor de lo que fue mi padre. Te quiero pedir por él, que lo ayudes donde quiera que esté para que se dé cuenta que yo ya lo perdoné.

Gabriel sintiendo por primera vez la liberación del perdón, siente cómo un peso dentro de él vuela y se va alejando y poco a poco va encontrando de nuevo la verdadera esencia, ese verdadero yo que sólo se encuentra cuando uno decide andar por el camino de la transformación, por el camino de la reconstrucción.

Qué bella se ve, pero porqué estará tan contenta, no se ha dado cuenta que aquí estoy viéndola, ¡gracias por llenarla de felicidad otra vez!, el niño cómo sonríe por la canción que le canta.

Claudia se sorprende y se ríe del susto, ya que no se había dado cuenta que Gabriel estaba parado en el marco de la puerta con un sonrisa de satisfacción, –¡me asustaste!, ¿desde cuándo estás ahí?–Gabriel sonríe y le pregunta -¿Por qué tan contenta?- ella sin esperar ni un momento más de la emoción empieza a contarle llena de alegría –Hoy fui con el doctor, al parecer el bebé está reaccionando bien a los medicamentos, probablemente todo va a estar bien y no va a necesitar la operación, dice el doctor que el niño es muy fuerte y que está sanando muy bien, ya vez que los milagros sí existen-. Gabriel, aguantando el llanto, sonríe lleno de emoción y se acerca a Claudia para darle un beso, pero un beso lleno de amor, de pasión. Un beso como los que solía darle cuando eran novios, sin remordimientos, sin dolor, sin coraje, un simple beso lleno de amor, mientras el corazón de Claudia palpita a mil por hora.

¡En verdad me ama! Hace tiempo que no sentía esto, ¡cómo lo necesitaba!, porqué se le había olvidado acariciarme, gracias Dios por darme este fabuloso marido, en verdad te pido perdón por la falta de cariño que yo no le he dado. Éste es el hombre del que me enamoré, sus besos hacen que suba toda mi temperatura, ¡gracias!, ¡gracias!

Un balbuceo del bebé los regresa a la realidad, Claudia sonrojada y con sus ojos tan brillosos como una estrella se acerca para darle un pequeño beso, mientras le dice te amo. Gabriel sonríe y toma al bebé con mucho cuidado en sus brazos, -y para ti también tengo amor, pequeño, ya ves que todo va a salir bien, no tienes que preocuparte por nada, Dios nos cuida desde siempre, mi bebé-. Una hermosa escena familiar, el padre con el bebé en los brazos y la hermosa mujer observando con el corazón esa imagen de amor puro, tratando de grabarla en su mente para nunca más poder olvidarla, una verdadera lucha por aferrarse a la verdadera felicidad.

Sentada frente a su computadora, está Blanca platicando con Chedrik -Sabes hoy que fui al hospital, pensé que iba a ser fácil, al principio todo estuvo bien, pero luego vi a Don Miguel y no supe que decirle, pero algo dentro de mí me empujo a su lado, espero y todo salga bien, me di cuenta que yo estoy esperando mi partida al igual que él, pero a mí se me está dando la oportunidad de dejar algo más-. Las delicadas manos de Blanca comienzan a escribir en su computadora.

"Padre bueno, Padre de amor, Padre de perdón, Padre misericordioso, Tú que tienes el poder sobre todas las cosas, bendice a todas las personas que por alguna razón están sufriendo, cambia su vida, llévalos a la libertad, a que encuentren la liberación de su corazón, de su mente, para que así logren la verdadera y única libertad del alma. Padre, no mires nuestros errores, mira más bien nuestro corazón, nuestro deseo de ser mejores personas y ayúdanos a aprender lo que es verdaderamente Tu voluntad, para así darnos cuenta de lo bueno que eres".

Blanca deja de escribir, toma a Chedrik y se pone de pie, sale de su cuarto, camina por el pasillo hasta la recámara de sus papás. José está recostado en la cama con un libro en la mano. Blanca lo ve y se recuesta junto a sus brazos, él la abraza y deja el libro a un lado, le da un beso en la cabeza, Blanca se acurruca en sus brazos y con un tono de voz suave le dice:

–Gracias por dejarme ir-. José sonríe por el agradecimiento de su hija. –Y ¿Cómo te fue?-.-Bien papi- contestó ella agotada por todas las emociones del día. Cierra los ojos en los brazos de su papá. Lilia entra por la puerta ya vestida con su bata de dormir y se detiene justo en el marco de la puerta al ver cómo su marido, sin impórtale nada más y lleno de amor, observa con tanto cariño a su hija. Lilia, sin hacer, ruido guarda en su corazón esa imagen llena de amor, como muchas guardadas que, desde que Blanca entró en sus vidas, ha aprendido a guardar en su corazón y que poco a poco la pequeña niña, ya una mujer, ha ido dejando en sus padres como muestra del gran amor que la vida les ha dado.

VI

Sobre una silla de ruedas está sentado Germán, su rostro lleno de cicatrices y moretones, por la golpiza que le dio el Tronco. Está muy serio sentado con el rosario en la mano, rezando en su mente.

Dios padre, ten misericordia de mí, mi alma y mi cuerpo ya no pueden más, pero yo entiendo que mi tiempo no es Tu tiempo, mis deseos no son Tus deseos, así que hágase Tu voluntad y no la mía.

El guardia llega con una sonrisa a entregarle una carta, la primera carta desde hace años, Germán voltea a ver al guardia, toma la carta sin tener una sola sospecha de quién o qué podría ser, su vida en el reclusorio se había tornado difícil, así que sin prisa la abre. Germán la lee en voz baja, el guardia está sonriendo esperando que la lea, Germán leyendo todas las letras y palabras que se ponen en las cartas, su mente lo único que recibe es el mensaje "Se le concede la libertad, debido a su edad y su estado de salud, ya no es considerado una amenaza para la sociedad". El guardia sonríe. −¡Sí!, ¡Germán, está en libertad, en una semana saldrá de aquí!−El guardia se retira, dejando solo a Germán, sus ojos se llenan lentamente de lágrimas

−¡Gracias, Dios!, ¡Gracias, Dios!−No pude pensar nada más, la vida es muy extraña; nos equivocamos, reímos, jugamos, estudiamos y trabajamos, muchas de las veces en ese camino cometemos errores, algunos salen más rápido que otros de esas caídas, a mí me había costado casi toda mi vida, toda mi salud, pero al final me di cuenta que hay veces que nosotros no somos los que aceptamos el perdón de Dios. Estoy muy agradecido, porque por primera vez después de hace mucho tiempo volveré a ver a mi nieto, toda mi vida esperé por este momento y vivir un poco de la misericordia de Dios. Me hubiera gustado que fuera en otras circunstancias pero así fue como se dio, debo de agradecerlo y simplemente vivirlo.

Germán, vestido de camisa a cuadros roja y pantalón de mezclilla, avanza en su silla de ruedas empujado por un guardia sobre el largo pasillo que conduce a la libertad, se detiene justo frente a una ventanilla. Germán, sin poder pararse, le pide el favor al guardia para que reciba todas sus pertenencias, una simpática secretaria le entrega los papeles de salida para que los firme, un paquete con sus papeles, acta de nacimiento, su pasaporte mexicano y 5 mil pesos que se ganó por su trabajo dentro del penal fabricando botas vaqueras. Germán toma todo y el guardia lo conduce a la salida del reclusorio de Cd. Juárez, Chihuahua.

Quería salir corriendo pero mi cuerpo me lo impedía y mi mente se llenó de sensaciones, de gozo, de nervios, ansiedad, pasé por todos los sentimientos hasta que llegué a la puerta, en ese momento mi ruleta de emociones se detuvo en la de alegría, en mi mente sólo estaba el recuerdo de ese niño que había visto crecer gracias a las fotografías.

El guardia se detiene en la salida, le da una palmada en la espalda, en eso se acerca una Van verde del servicio para discapacitados del gobierno del Estado. Se detiene frente a Germán, de la camioneta baja un señor que lo ayuda a subir al automovil. El chofer le pregunta hacia dónde lo va a llevar y Germán emocionado le contesta al consulado americano. La van arranca y viaja a toda velocidad por ciudad Juárez, se detiene justo frente al consulado y deja a Germán frente al cruce peatonal cerca de la banqueta.

No pensé que fuera tan difícil, pasé días y noches tratando de conseguir una visa para poder viajar a Los Ángeles, Cd. Juárez se convirtió en mi segunda cárcel. Durante algunos días intenté conseguir todo lo necesario para poder obtener mi pasaporte hacia la felicidad, pero mi edad, mi condición y mi apariencia hacía que la gente me viera como un pordiosero, no sé por qué no se daban cuenta que dentro de mí sólo existía un hombre con el deseo de recuperar a su familia y, de nuevo aunque parecía que se iba a poner peor, algo dentro de mí me dijo que todo iba a estar bien. Además mi mente, mi cuerpo y mi espíritu ya estaban llenos de sufrimiento ya no cabía nada más y, justo en ese momento cuando mi mente quería darse por vencida, algo cambió; una señora se ofreció a ayudarme, ella realizó mi cita, la consiguió en cinco días, pagó los impuestos y me consiguió un lugar dónde bañarme, me dio uno de los trajes de su difunto esposo. Fue gracias a ella que me di cuenta que existen muchas personas con el corazón lleno de amor. Me preguntó muchas cosas, le conté de Rubén, de la cárcel, pero nunca se interesó en lo que había hecho, fue como si ella viera algo más en mí. Ella, a pesar de verme en una silla de ruedas, en esos cinco días sólo animó mi espíritu, me llevaba desayuno a la esquina en donde dormía, fue para mí un enviado del cielo, alguien que ayudó a mi cuerpo y curo las heridas de mi corazón. Cuando logré conseguir la visa ya no la volví a ver, fue entonces que me di cuenta que tenía que haber vivido ese pequeño tiempo de sanación para poder llegar a mi nieto con un corazón puro, con un corazón lleno de gozo.

Germán se sube a una Van de pasajeros con destino a Los Ángeles, después de un mes de larga espera su deseo de tantos años se convertía en realidad, la realidad que toda persona que se arrepiente se merece. Germán sentado en el asiento del copiloto del *shuttle* va observando todos los paisajes, los viñedos de las cruces, los pocos edificios de Tucson, los caballos de Marana, El desierto de Phoenix, los casinos de la reserva india y las montañas que indican la aproximación a su destino.

Dentro de mi mente estaban las palabras que aquella simpática juarense me había dicho antes de irme, *"La felicidad depende de ti, de ningún lugar, de nadie, sólo de ti"*. Cómo era posible, pero en ese largo camino me fui dando cuenta que mi estado de ánimo cambió, algo en mi interior cambió poco a poco desde mi libertad, la ayuda de un ser humano a otro, este largo camino, todo eso ayudó a darme cuenta de la verdad de esas palabras, esa felicidad dentro de mí fue convirtiéndose en valor, en una fuerza que me decía que no importara lo que pasara yo seguiría luchando por mantener dentro de mí este bello sentimiento de gozo. Cuando uno sale de su encierro, aprende a vivir el presente casi de manera automática y mientras uno camina hacia la salida de su libertad se da cuenta que, pase lo que pase, no se debe de voltear hacia atrás.

Sentado en la banca de la escuela, junto a María, está Uriel. Por en medio de la cancha de juegos caminando a paso lento, sonriendo de una manera muy arrogante, se dirige a ellos Adán.

Tenía días que no lo veía, cuando lo vi venir a nosotros me di cuenta que la soberbia existe, su caminar, su sonrisa, no era la de un niño, mostraba mucha seguridad, no sabía si era por el dinero o por la emoción de lo que estaba haciendo, pero era fácil darse cuenta que mi amigo Adán no iba por buen camino, antes de morir mi padre me dijo que nunca dejara que mi felicidad se fuera, pero fue justo ese día que me di cuenta de la diferencia entre sonreír por alegría y sonreír por soberbia.

Adán se sienta a un lado de Uriel quien lo voltea a ver y le sonríe. –¿Por qué no habías venido a la escuela–Adán sonriendo orgulloso le contesta:

–Es que estoy empezando mis propios negocios–.

En ese momento me sentí sentado junto a un señor, no sé qué había pasado pero él ya no tenía la inocencia de un niño, algo había cambiado, ahora a esta edad y después de tantos años, no sé si a eso se refieren cuando se dice que no debemos quitar la inocencia a los niños, porque realmente hubo un cambio en mi amigo ese día, ya no era el mismo, hablaba con tanta seguridad. Ese día no es fácil de borrar en mi mente, fue el primer día que me volé las clases. Adán nos invitó a comer, claro, yo asustado le dije que teníamos clases pero algo dentro de mí me llevó a aceptar su oferta, y como era de suponer María no quiso ir, ella era una niña más segura en sus decisiones, pero yo no era como ella, así que acepte. Por más que María quiso detenerme no pudo, no niego que sentí mariposas en la panza.

Adán se pone de pie y empieza a caminar. –Anda, vámonos o ¿qué tienes miedo?–Sin decir una palabra Uriel lo sigue, dejando a María sola sentada.

Corrimos hasta la parte trasera de la escuela para brincar el cerco de malla, Adán ya era un experto en saltar bardas, mallas, cercos y todo lo que fuera para escapar a la libertad, a mí me dio miedo pero lo hice justo cuando sonó el timbre de la escuela para regresar al salón de clases, escalé la malla, en ese momento sentía que estaba saltando lo más alto del mundo, la logré saltar pero mi camisa se quedó atrapada en el cerco, con mi mismo peso se desgarró. Al poner mis pies en el piso me di cuenta que Adán ya me llevaba ventaja así que corrí detrás de él para alcanzarlo, era extraño cómo se siente, pero esa sensación de saber que haces algo malo y además del nervio que te atrapen se siente bien. No sé si era la adrenalina o el sentimiento que todos los que cometen algún error experimentan, pero en ese momento se sentía bien. Logré alcanzar a Adán y comenzamos a disminuir el paso hasta caminar más lento, mi corazón no dejaba de latir y mi conciencia me decía que me regresara, pero simplemente no le hice caso y seguí caminado a su lado.

Adán y Uriel caminan por la banqueta de la ciudad de Chihuahua, pero entre más caminaban, la lucha dentro del pequeño cerebro de Uriel se hacía más intensa. Entre más caminaba menos disfrutaba el momento, la travesura ya no era divertida, pensaba en que había dejado sola a María, en su mamá, en el castigo, muchas cosas pasaban por su mente, el rostro fue cambiando de alegría, la adrenalina iba disminuyendo y ese latir de emoción se tornó en un latir de miedo y nervios.

No sé qué había pasado pero me sentí muy mal, tenía mucho miedo. En ese momento, Adán me dijo algo y fue como si hubiera leído mi mente, creo es el instinto que se les desarrolla a las personas que viven en la calle, que los ayuda a leer el miedo de otras personas, así que puso su mano en mi hombro y me dijo:

–Vamos, no tengas miedo, te va a gustar, tú sólo diviértete yo pago.

Uriel sonríe nervioso ya no era divertido, cada paso el miedo crecía. Pobre mi madre, ¿qué pasa si se enteran en la escuela? pensamientos que sólo le ayudaban a incrementar su ansiedad, justo frente al local de video juegos, se detiene Adán y sonriendo le dice –Anda, vente vamos a jugar.

Ya no quería pero, si existe algo a lo que los niños no le pueden decir que no, son los videos juegos. Así que entré, tanto ruido, tantas luces, fueron disminuyendo mi miedo, mi ansiedad, y de nuevo cuando menos pensé me encontraba jugando en la máquina de futbol junto a Adán, sonriendo, divirtiéndome, sin preguntarme de dónde venía el dinero que traía, sólo disfrutando el momento y fue justo ahí cuando volví a ver al verdadero amigo, volví a ver el niño dentro de Adán, reímos, jugamos y por primera vez no me preocupe por mis fichas, teníamos tantas que hasta pensaba que podía jugar horas, incluso meses. Creo que fue en ese momento, ese instante de convivencia que Adán me invitó, necesitaba ser niño otra vez y yo era su único amigo, creo que convivir conmigo lo ayudaba a regresar a su verdadero ser, a su esencia como niño. Fueron momentos de felicidad pura, mi conciencia me había dejado tranquilo, me suponía que la de Adán también, porque su rostro sólo reflejaba felicidad, sus ojos brillaban.

Adán y Uriel juegan un partido de futbol en la máquina de video juegos, los dos felices disfrutan del momento, sus rostros reflejan la felicidad más bella, la felicidad de los niños, sin preocupaciones ni remordimientos, solo siendo niños frente a un video juego.

Sentada frente a su computadora está Blanca, sus manos escriben cada una de las palabras que llenan de oraciones su mente. ¿Cómo podemos ser fuertes en la tentación?, es delgada la línea en la que estamos parados en este mundo, ¿qué necesita la voluntad del hombre para luchar? y así enfrentar cada una de sus pasiones. Si fuéramos más fuertes resistiríamos esa decisión. Es fácil darnos cuenta de nuestra naturaleza, ya que buenos y malos creceremos juntos pero al final y sólo al final seremos separados, para mí ha sido fácil, he pasado toda mi vida encerrada en este cuarto, la tentación casi nunca tuvo oportunidad de llegar a mi corazón, pero aunque estuve en estas cuatro paredes siempre fui libre, libre de corazón, sin la esclavitud de los errores. Ahora me doy cuenta que mi enfermedad fue un milagro, el milagro que me sacó de la burbuja de la vida y me enseñó a ver todo desde afuera. Tuve la oportunidad de vivir libre pero sin la libertad de ser de este mundo. Nací aquí, crecí y viví aquí sin ser de aquí. Crecí en este pequeño paraíso dentro de cuatro paredes que me dieron felicidad y la oportunidad de experimentar el verdadero amor reflejado en mis padres.

Blanca deja de escribir por un momento y voltea a ver a Chedrik.

–¡En verdad que es muy valiente la gente de allá afuera!, mira que enfrentarse todos los días a la difícil decisión del bien y del mal.

Blanca continúa escribiendo en su computadora.

El bien y el mal, las dos fuerzas presentes en este mundo. Siempre fui una soñadora, esa era mi naturaleza, no tenía otra opción nací con una enfermedad que me prohibía salir de mi casa, así que Dios llenó de creatividad mi corazón y me ayudó a vivir la vida así. Simplemente así, para mí no existe otra manera de vivir la vida. Llegué a este mundo para vivirla de esta forma. Mi creatividad me hizo soñar que podía salvar al mundo, pero mi enfermedad me decía que no. Mi enfermedad se parece a la mala decisión de dejar de soñar, de dejar de anhelar, de dejar de luchar, es sólo un obstáculo en nuestra mente. Yo la superé cuando me entregué de niña y acepté lo que en verdad yo era. A mí, cada doctor me daba sólo un día más de vida. Ellos, sin saber, fueron convirtiendo ese obstáculo en una barrera cada vez más pequeña. Al principio fue duro, era tan sólo una niña y no sabía qué pasaba, veía a mi mamá y mi papá llorar a escondidas por no saber cómo ayudarme. Cada noche que a escondidas los observaba, oía el llanto de ellos mientras los espiaba detrás de la puerta de su cuarto, eso fue lo que logró dentro de mi corazón un cambio en mi mente. Nunca me sentí culpable, algo dentro de mí me dijo que no era mi culpa, simplemente me di cuenta que las cosas tenían que ser así. Cada día que pasaba experimentaba con palabras y gestos que pudieran ayudar un poco a mitigar el dolor que mis padres sentían. Era una batalla de amor el cómo ayudarles a entender que no pasaba nada, que yo era feliz, que mi felicidad no dependía de mi salud. Tenía que enseñarles poco a poco que la felicidad es un simple estado, que si queremos podemos seguir el camino. Durante años intenté muchas cosas, pero un día me di cuenta que no dependía de mí, que ellos por sí solos tenían que ir dejando el sufrimiento. Sólo ellos y su liberación dejarían a Dios obrar en su corazón.

José está recostado en su cama viendo la televisión, junto a él Lilia lee la Biblia. Por la puerta entra Blanca vestida con sus pijamas a rayas, se acerca a ellos y se recuesta en medio de los dos. Lilia deja la Biblia en el buró mientras que José le sonríe sin poner mucha atención a su hija. Lilia abraza a Blanca, ella se recuesta en su pecho. -¿Mamá, todavía tienes esa amiga que trabaja en la televisión?, ¿en el canal local?–. Lilia responde a la pregunta con otra pregunta, conoce muy bien a su hija y sabe que detrás de esas palabras siempre hay algo más. –Sí ¿Por qué?–Le dice en un tono muy suave.

Blanca le contesta en voz baja con la intención de no generar ningún alboroto. –¿Te acuerdas que tu amiga quería hacer un reportaje de mí?–. José, al oír las palabras de su hija, voltea inmediatamente y le dice. —¡No!, no. Ya discutimos sobre eso y aquella vez dije que no y ésta también—. Lilia no pone mucha atención a las palabras de su esposo. —Pero no sé si Julia quiera—. José al oír a Lilia la voltea a ver, no puede creer que su esposa lo considere. Blanca se acerca a su papá y se acuesta en su pecho. —¡Ándale, papá!, tú sabes que cada día de mi vida ha sido un milagro, déjame decirle a la gente que tenga esperanza de vivir—. Esta vez Blanca había usado otras palabras y su papá no supo qué decir. Lilia se había dado cuenta del cambio en su hija desde la visita a los enfermos en el hospital, desde entonces Lilia había sentido en su corazón algo diferente, se había dado cuenta de lo egoísta que había sido con el mundo al no compartir el hermoso corazón de Blanca. Ella sabía que su hija era un milagro y lo había tenido oculto. Ella ya estaba segura que el momento de su hija había llegado.

Esa noche nuevamente no pude dormir, mi corazón latía de nervios, de emoción, mi cabeza sólo pensaba en qué decir, ni siquiera paso por mi mente si Julia estaría dispuesta a entrevistarme, ya lo daba por hecho. Sin poder dormir esa noche platique con mi único y fiel amigo Chedrik. Es grandioso tener un amigo que te escuche, a mí me hubiera gustado escuchar a muchos amigos, pero no pude tener ninguno y no porque no haya querido sino porque no podía. Durante muchos años me tuvieron encerrada en cuartos esterilizados. Así que me tocó ser de las que hablan y escriben. Porque si hablara todo el día con Chedrik parecería loca. Me acuerdo del cumpleaños cuando me regalaron el osito, era para mí el mejor amigo, cómo sufría cuando mi mamá lo echaba a la lavadora. Me acuerdo cuando mi papá trajo al primer psicólogo porque hablaba mucho con Chedrik, él le dijo que estaba perfectamente cuerda que sólo era una manera de escapar de mi realidad y que hacía bien platicar con alguien. Recuerdo muy bien las palabras del psicólogo: "Déjala, no le pasa nada, ojalá todos encontráramos un amigo que nos escuchara siempre y sin juzgarnos".

Después de una larga noche Blanca logra dominar sus pensamientos y cae en un profundo sueño.

Sentados frente a ese enorme comedor, desayunando está Lilia y José. Blanca aún en pijamas, recién despierta, camina hacia a ellos y todavía bostezando les da los buenos días. Lilia, sin poder esperar más para darle la buena nueva a su hija, le dice que desde temprano habló con Julia y que había dicho que para ella era un placer hacerle una entrevista especial, que le diéramos una semana para organizar todo con los productores. Blanca, al oír la noticia, despierta como si le hubiera caído un balde de agua helada en el rostro, emocionada corre por todo el comedor, se acerca a su mamá y le da un beso, corre junto a José y lo abraza con toda su fuerza. Los padres, al ver tal emoción sienten dentro de su corazón la dicha de celebrar con su hija su alegría. Sin siquiera pensar en el desayuno, corre a su cuarto y los dos viejos se quedan sentados viendo cómo su hija olvida el desayuno. Lilia voltea a ver a José y le dice–Ahorita le llevo su desayuno, mírala, de la emoción ya hasta se le olvido.

Emocionada, sentada frente a su computadora, está Blanca hablando muy rápidamente con Chedrik.

–¡Sí!, ¡sí!, ¡me van a entrevistar!–. En eso entra por la puerta Lilia con una charola, en sus manos con el desayuno y las pastillas de colores. –Hay hija, aquí te lo traigo, se te olvidó el desayuno–. Lilia se acerca a Blanca para poner la charola a un lado de la computadora. –¡Gracias, mamá!–. Blanca le dice mientras la abraza, el rostro de Lilia se ilumina. En verdad está disfrutando la felicidad de su hija. –De nada hija, tú te lo mereces–. Lilia le da un beso a su hija y se retira. Blanca ve cómo su mamá se retira del cuarto, al ver a su madre salir, una idea llega a su cabeza y se pone a escribir.

Qué maravillosas son las personas que tienen la capacidad de celebrar los éxitos de otros, creo que ese es el verdadero don de la humildad, no cabe duda que existen en este mundo personas con grandes dones y grandes virtudes. Me doy cuenta que aunque enfrentemos dificultades, por otro lado, nuestros dones crecen y se multiplican. Esa es la gratitud de nuestra hermosa existencia. Blanca deja de escribir, toma la charola del desayuno mientras se sale del cuarto para irse a desayunar con sus padres a la mesa.

Blanca, con la charola en la mano se acerca a sus papás. Ellos charlan sentados a la mesa, Lilia la voltea a ver. Blanca se acerca y le da un beso a José. Él cierra los ojos dejándose desfrutar mientras su hija le dice–te quiero mucho, papá–. Lilia sonríe y Blanca se sienta a desayunar mientras su familia le hace compañía.

Caminando por un vecindario latino de Los Ángeles, California, con su uniforme del restaurant de comida rápida, va Rubén. Camina observando todo a su alrededor, sin ganas da nada, pensando. En el pórtico de una casa está un señor, sentado en una silla disfrutando de su pequeña nieta, la cual está sentada en las piernas de su abuelo, disfruta al jugar con el largo y canoso bigote de su abuelo.

¿Por qué lo extraño? ¿Qué me pasa?, si nunca estuvo a mi lado ¿Qué es lo que necesito de él? Ya no puedo más.

Rubén sigue caminando sumergido en sus pensamientos, camina y camina varias cuadras y, sin darse cuenta, se detiene justo frente a la pequeña iglesia de color rosa de la colonia. No sabe cómo y no sabe porqué pero su cuerpo se detiene frente a esa pintoresca y pequeña iglesia. Algo dentro de él lo invita a entrar, él camina hacia la puerta y entra. Justo en medio del sagrario cuelga un Cristo. Rubén camina y se sienta en una banca, se hinca y se persigna. Y se queda ahí por horas contemplando la hermosa figura de Jesucristo, no bastaron más que unos minutos para que su corazón se llenara de gozo, de paz, de tranquilidad, las lágrimas comenzaron a brotar de sus ojos como un mar de agua viva, como un artista encuentra la manera de expresarse, así su alma utilizó el espejo de los ojos para expresar todo el gozo y la vida que hay en el corazón de Rubén.

No podía pensar nada, no sabía qué pedir, simplemente sólo pude decir "!Tú estás ahí y yo estoy aquí!", y todo cambió, mi vida era la misma pero mi interior era diferente, ya no tenía por qué preocuparme, no sé cómo pero sabía que todo iba a estar bien, sabía que mi abuelo había cometido un error y que a mí no me correspondía juzgarlo, mi deber era amarlo. En algún momento me dieron ganas de salir corriendo y querer recuperar el tiempo perdido, pero nuevamente algo más poderoso que yo calmaba ese desenfreno y me hacía saber que todo iba a estar bien. En ese momento supe que mi tiempo no era su tiempo.

Lleno de lágrimas pero un su rostro brillante, un rostro que sólo puede transmitir gozo al contemplar la preciosa imagen de Jesús en la cruz. Pasan las horas y a él no lo interrumpe el tiempo, en ese instante su corazón encuentra una respuesta a todo lo que sucede dentro de él.

Sentado frente a una computadora en un pequeño cubículo está Gabriel, sin darse cuenta se queda pensando, recordando todo lo bello que ha pasado en su vida, no le interesa saber cómo sucedió; sólo sabe que sucedió y lo disfruta, su corazón está agradecido y en ese momento se da cuenta de lo bella que es la vida.

Todos mis miedos han ido desapareciendo, no sé cómo y no quiero saber, simplemente sé que sucedió, tanto tiempo vi a muchas personas riendo, disfrutando y yo siempre quería ser como ellos, pero algo dentro de mí no me dejaba serlo. Todos esos miedos, todos esos sufrimientos me hicieron darme cuenta de lo que es la felicidad, de lo que es un milagro y de cómo suceden milagros todos los días, cómo Dios nos da una muestra de esperanza con cada niño que nace, con cada persona que se arrepiente de algún error, con cada persona que deja todo por seguirlo. No son nada más que pequeños milagros que siempre están presentes justo enfrente de nosotros. Pero las pequeñas escamas de nuestros miedos, de nuestros sufrimientos, de nuestra falta de perdón no nos dejan verlos y nos hacen creer que cada uno tiene la razón y ahora me doy cuenta que no es así, que simplemente el verdadero amor tiene la razón.

Las horas pasan y Gabriel sólo piensa en lo agradecido que está con la vida, con Dios.

En la pantalla de una computadora se va escribiendo *"Dar gracias cada día de tu vida es el verdadero camino hacia la gran entrega, es la manera de decirle a Dios: ésta es mi vida, te la doy; es la verdadera humildad"*. Termina de escribir Blanca cuando Lilia abre la puerta de la recámara y se asoma para decirle a su hija–La entrevista va a ser este lunes que viene, a las 7 de la noche-.Blanca emocionada le da gracias a Dios, Lilia se retira. Blanca emocionada comienza a escribir.

¿Si tienes la oportunidad de decir algo al mundo en 40 minutos que dirías? Blanca se queda pensando cómo darle una respuesta a esa pregunta, durante unos minutos sólo piensa que existen tantas cosas qué decirle a las personas pero, ¿Cómo decírselas? ¿Qué decirles?, había tanto en su cabeza que no sabía por dónde empezar, sabía que su presencia, su lucha, valían más que sus palabras, estaba segura de que no podía perder más el tiempo, sabía que tenía que dejar un mensaje de vida para todas las personas que la fueran a ver. Esa noche pasaron horas y, de pronto, a su mente llegó la respuesta.

Te pido a Ti que tanto amor me has dado; Tú, que me tienes en este mundo con una misión, te pido que me ayudes, te pido que seas Tú; nunca me has dejado de enseñar y por eso estoy muy agradecida, ahora sé que nada está en mis manos, que todo depende de Ti, Tú el Gran Creador, el verdadero Amor, la verdadera Libertad, te entrego nuevamente mi vida, tómala, sé Tú quien escriba este mensaje, dáselos Tú, yo sólo quiero ser tu instrumento, quiero poder decir que no soy yo quien vive en mí, sino Tú. Toma mi mente, mi corazón y mi espíritu.

En ese momento Blanca comenzó a escribir, por primera vez lo hacía sin importar el tiempo ni la desesperación por querer dar un mensaje, las palabras fluían, su mente no sabía qué escribir y no importaba por qué estas palabras venían directamente del corazón.

¿Sabes?, la vida está llena de oportunidades,

saber discernir cuál camino tomar es la parte más importante, y en verdad es difícil no confundirse entre tantas cosas. Aunque sé que estoy enferma no vine hablar de esa bendición que Dios me dio, estoy aquí para hablar de la vida, de cómo algo que para muchos es un castigo o mala suerte, para mí fue la más grande oportunidad de vivir. Y no es sólo una visión positiva de mi vida, es algo más, es simplemente el hecho de darte cuenta que, aunque esta vida parezca a veces una batalla, dentro de nosotros está la verdadera fuerza para ganar. Y me refiero no al hecho de ser siempre positivo, aunque es importante, no hay nada más importante que tener Fe y saber que, a pesar de todo sufrimiento, de toda equivocación, siempre hay alguien que está dispuesto a ayudarte, a consolarte y a sólo amarte tal como eres. Y es en ese momento cuando te das cuenta, cuando logras abrir tu conciencia y encuentras el porqué de las cosas y entiendes que, si pierdes algo, te da un consuelo, te llena de dones, te llena de virtudes, el don del amor, el don del perdón, la virtud de la humildad, de la sensibilidad, de la Fe. Y es así, cuando por fin conoces a Cristo.

Pasan las horas y Blanca continúa escribiendo con su corazón lleno de gozo, dejando un mensaje para los demás.

Sentado en una banca de un parque en Los Ángeles, está Rubén feliz disfrutando de la vista, viendo a las personas pasar de un lado a otro; algunas corriendo, otras caminado, algunas acompañadas, otras charlando, algunos riendo. Todo a su alrededor iba cambiando. La felicidad dentro de él lo llevaba a la belleza de la aceptación y de pronto lograba ver lo hermoso de este mundo.

Había dejado de juzgar, veía cómo la gente sonreía y disfrutaba de la vida, ya no me sentía parte de este mundo, pero no porque creyera que fuera malo, simplemente porque de alguna manera mis ojos disfrutaban más de la felicidad de las personas. En verdad extraño a Germán, lo culpé de todo, inclusive de todos los años que tuve que esconderme hasta que conseguimos la greencard. Era muy niño, no quería estar en este país. Pero eso ya no importa, quiero volver a ver a mi abuelo y decirle que me perdone, que había sido injusto con él, sabía que habían pasado tantos años sin verlo y lo único que quería era castigarlo. Nunca quise saber de él, no le permitía a Lupe que me platicara nada de él, pero ella nunca dejó de luchar para que lo perdonara, pero no tenía nada que perdonarle. Quiero correr a buscarlo pero algo más fuerte dentro de mí no me deja, creo que todavía no es tiempo. Rubén descansa en la banca de ese pequeño parque, esa diminuta belleza natural de paz en medio de esa jungla de concreto. De pronto supe que iba a volver a ver a mi abuelo y entendí lo que era la esperanza. Comprendí el porqué tantas personas como yo venían a este país en búsqueda de algo más. Supe lo afortunado que era porque a pesar de que yo no elegí vivir en este lugar, fue aquí donde había conocido a Dios, y me di cuenta que para Él no existen fronteras y que ningún país puede darte la esperanza de vida. Esa tranquilidad de que todo va a estar bien, de que todo va a mejorar, eso sólo es un don de Él.

Germán está sentado en un restaurant de comida rápida comiendo una deliciosa hamburguesa. Para él, hasta ahora, había sido fácil moverse en su silla de ruedas, no sabía cómo pero de alguna manera se había abierto camino que lo llevó a Los Ángeles. Su voluntad lo convirtió en un experto para moverse de un lado a otro, la edad no le impediría llegar a lado de su nieto, además se había dado cuenta de que en Estados Unidos tienen cierto respeto hacia las personas con discapacidad. Era fácil subir al camión, cruzar las calles, recorrió todo el lugar, cruzó por el centro y vio a todas esas personas, latinos, judíos, afroamericanos, americanos, a tantos vendiendo, haciendo comercio. Cruzó por Burbank, pasó a un lado Hollywood boulevard, veía lo llamativo de Estados Unidos y, poco a poco, fue entendiendo por qué la gente se dejaba llevar por la belleza. Pero entre más avanzaba en su recorrido, subía camiones, bajaba calles, no perdía la oportunidad de preguntarle alguna persona con apariencia mexicana algo que lo llevara a su destino, a su nieto; una indicación que lo acercara a esa dirección. Desde hace años Lupe se la había dado y la escribió en un papel, dentro de su soledad; ese pequeño trozo de papel le fue dando luz de esperanza y lo llevó consigo en su mano desde la salida del penal hasta que se subió a la van en El Paso, Texas. Pasó un día, pasó otro, descubrió albergues. Se dio cuenta de que toda la gente que en esa ciudad vivía, se escondía por temor. Se dio cuenta de cómo existían personas que sufrían en cada albergue que durmió. Se vio a él mismo en cada rostro de cada persona que lloraba, que se castigaba. Se dio cuenta que en ese país no todo era bello. Recordó su juventud y cómo el deseo de una mejor vida en Estados Unidos era en esa época lo que tenía como esperanza. Al ver toda esa desesperanza escondida en los albergues de Los Ángeles, se sintió con la obligación de pedir por la liberación y el perdón de los pecados, por una segunda oportunidad para todos ellos.

Cómo hacerme entender entre tantas personas, si durante años, aquel carcelero me daba palabras de aliento y en ese momento no las escuchaba.

Y en silencio desde un rincón de cada albergue, lo que en algún momento fue suplica para terminar con su sufrimiento, se convirtió en una hermosa oración por todas las personas que por sus errores llegaron a la desesperanza.

Yo sabía que Dios existe, pero también sabía que todo tiene su momento. No quise perder el tiempo en entender porque mi ser no estaba listo para eso en aquel entonces, pero sí me di cuenta que en estos pequeños hogares, no existe religión y mucho menos raza. Aquí hay desde mexicanos, americanos hasta chinos y a todos nos une la falta de amor y entre todos ellos me sentía especial porque yo ya sabía que a pesar de todo, el verdadero amor triunfa. Y fue que pedí por todos ellos, ya no tenía por qué pedir más por ver a mi nieto, yo sabía que ese día iba a llegar, era momento de hacer a un lado el egoísmo de mis deseos y abrir mi corazón a los demás.

Sentado en una banca dentro de la pequeña

iglesia está Rubén viendo a Cristo que cuelga en el centro del altar, al fondo una joven como de 17 años con su guitarra, sintiendo la música, canta. Rubén siente la letra, la música, todo le llega al corazón. La joven canta sin importarle nada a su alrededor. Poco a poco, Rubén se va sintiendo abrazado por la bella melodía que sale del corazón de la joven. *–Un día caminaba muy triste por ahí Jesús…*–El corazón de Rubén, cada vez más, se llena de gozo. Su mente quiere impedirlo pero el calor de su corazón gana poco a poco. La voz de la joven va subiendo su volumen llenando de esa hermosa canción todo el templo–*¡Y aquí está, mi vida y mi voz, para cantar, para alabarte Señor!* –Finalmente el corazón de Rubén gana y se entrega dejándose llevar, liberando su mente y sus pensamientos, dejando el control total al corazón.

Fue cuando me di cuenta de que todo existe, de que la paz es superior a la que experimentamos en este mundo, es como si caminara por las nubes, pero sin pensar. Todo se mueve más lento. Todos hablan más rápido. Pero dentro de uno existe una paz que impide que nada ni nadie entre. Creo que así ha de ser el cielo. Ese día fui bendecido porque supe lo que nos espera. No quería que terminara y cuando terminó no fue doloroso, mi corazón sabía que existía, y que la verdadera paz, el verdadero gozo no son sólo un sueño o una simple creación de nuestra mente, sino que es algo real, algo que supera todo lo de este mundo. En ese momento sabía que el tiempo de volver a ver a Germán había llegado, ni siquiera perdía el tiempo de pensar cómo iba a ser, yo sabía que eso iba a pasar y sabía que juntos reconstruiríamos nuestra familia. Casi podía verlo, sin ganas de dejar ese hermoso lugar. Había llegado la hora de cerrar la iglesia, una señora se acercó a mí y me dijo que ya era hora de cerrar, que si quería volviera al día siguiente.

En un camión urbano, sentado en la fila de atrás justo en el área de discapacitados, va Germán viendo lo llamativo de la ciudad de Los Ángeles, pasan junto a la Universidad del Sur de California. Él observa a lo lejos tanto joven. Él sabía que su nieto había deseado entrar a la universidad pero por falta de recursos sólo había podido estudiar en el colegio del condado. Sin embargo, al ver a todos esos jóvenes caminar rumbo a la escuela, su imaginación comenzó a volar y vio a su nieto con ese mismo deseo de superación. Él sabía que la vida había sido dura para Rubén por todo lo que le contaba Lupe, pero algo dentro de su corazón le decía que todo iba a cambiar. Una señora de aspecto latino sube al camión con un niño de cinco años. Se sientan frente a Germán. La señora le sonríe, el niño lo voltea a ver y le dice a su mamá: –look, mom, poor man–. La señora calla al niño y voltea a ver a Germán para pedirle una disculpa por lo que había dicho su hijo, pero Germán no lo entiende y le contesta en español –No hablo inglés-. La señora sonríe y le contesta emocionada en un español medio cortado –¡Gracias a Dios!, ¿mexicano? ¿Acaba de llegar?–Germán le sonríe y le contesta –¡Sí! vine a ver a mi nieto–. La señora emocionada al ver a Germán recordó a su padre. Durante cuatro paradas los dos platicaron sobre muchas cosas. La señora parecía que tenía muchas ganas de saber de México, hasta que después de la tercera parada, ella se bajó y se despidió. El niño sólo los veía platicar aburrido y sin entender la emoción de su madre por ese viejo, no podía entender a su corta edad el deseo de su madre por saber y recordar cosas de su país. En su pequeño cerebro no podía concebir como en su casa renegaba de todas las ilegalidades de México cómo ella decía, pero al platicar con Germán sobre su país sus ojos brillaban de gozo.

Blanca se levanta de su cama, se apoya en el buró de junto, sin darse cuenta pone su mano sobre la biblia, ella la siente y la voltea a ver. —Tanto tiempo escribiendo—pensó, la tomó con su mano y la abrió.

Cuando era niña jugaba a ver qué me decías, te acuerdas, en mi inocencia fue cuando te descubrí, siempre en los tiempos difíciles nos diste consuelo con tu palabra, pero había veces que no te entendía, incluso me daba miedo, tuve miedo de leer a Job, tuve miedo de leer a Jeremías. Pero fui creciendo y me di cuenta que todo tiene un final feliz, que sin ese sufrimiento no podemos saber lo que es el amor y fue entonces cuando entendí que lo malo no viene de Ti sino de nuestra naturaleza, fue cuando decidí voltear a ver la cruz y aprendí que lo importante no es la muerte sino la resurrección. Y se fueron todos mis miedos y comprendí que Jesús se llevó todos nuestros pecados, que Tú perdonas, que mi enfermedad no fue un castigo sino una bendición. Fue cuando entendí la libertad que nos das, porque Tú eres tan grande, tan maravilloso que sólo la decisión de entregarme a Ti, aún a pesar de mi libertad, es el pequeño signo de amor que podemos expresar y así entregarte todo lo que ya es Tuyo. De niña recé mucho para que me llenaras de dones y en mi inocencia me desesperé muchas veces contigo; otras veces, me enojé; otras incluso hasta te grité, y luego tuve miedo a que te enojaras conmigo. Pero no podía ser así porque alguien tan maravilloso, tan inmenso como Tú, que se hizo humano para que nos diéramos cuenta que Tú entiendes todo lo nuestro, no puede ser impaciente a nuestros errores. Pero aun así nuestra conciencia es limitada y no logramos entender tu amor. Eso Tú ya lo sabes y por eso nos tomas en tus brazos y nos amas. Nos amas tanto que nos enviaste a tu único Hijo para que aprendiéramos y dejáramos de temer a la muerte y abriéramos los ojos, los abriéramos a tu verdadero amor y sé que lo haces de esta manera porque el verdadero amor te aleja de ofender al ser que amas, pero debemos de darnos cuenta que ese ser eres sólo Tú y que al amarte a Ti amamos a los demás.

Por la puerta de la iglesia entra Gabriel con Sebastián en los brazos y junto a él, Claudia. Los tres caminan y se dirigen hacia una banca para sentarse, su rostro irradia felicidad. Gabriel se hinca, Claudia hace lo mismo.

Señor. Nunca me cansaré de darte las gracias, gracias por esta familia, gracias por la vida, por regresarnos la paz, gracias por el sufrimiento y gracias por el amor, perdónanos por nuestros errores, por no saber amar, por desesperarnos, por la poca Fe. Te pido, por favor, nos protejas y nos liberes a mí y mi familia de toda atadura y cicatriz que exista en nuestro corazón, en nuestro ser. Bendícenos y tómanos. Te entrego mi vida y la de mi familia, hazla nueva porque yo no sé cómo, pero Tú sí.

Gabriel, con los ojos cerrados, continúa orando en silencio. Claudia lo toma de la mano, sabe que su esposo había cambiado y que todo era gracias a Dios. Sabía que ella tenía que luchar por ser una mejor compañera, aunque no sabía cómo. Lo que sí sabía era que Dios todo lo puede. De manera maravillosa, ella también se entregó a los brazos de Dios y, en ese momento, como una verdadera familia, lograron sin siquiera hablar de ello tomar una misma decisión guiada por el amor. Los momentos difíciles habían desaparecido aunque seguían dentro de ellos, ya sólo eran recuerdos de un milagro. Y se dieron cuenta que esa bendición no la hubieran vivido si no les hubieran pasado todo lo vivido. Es cuando lo superior traspasa la humanidad y convierte todo sufrimiento en un bello recuerdo de gloria. Los dos sentados en la banca se dejaron llevar. Sabían que la única manera de agradecer a Dios todo lo que había hecho por ellos era simplemente estar, primero creer, luego vivir y de esa forma el corazón se va transformando. Y así dejar en las manos de alguien superior toda tu vida y tu ser, para que arregle lo que está dañado en tu corazón.

Lupe está lavando los platos de la comida. Rubén, aún sentado en el pequeño comedor, está terminando su pedazo de carne, sin voltear a ver a

Lupe. Él le dice que va a ir a ver a Germán, Lupe suelta el plato que está lavando, no podía creer lo que estaban oyendo su oídos. Tantos años pidiéndole a Dios para que llegara ese momento y nunca se había imaginado que iba a ser de esa manera. Ella emocionada volteó a ver a Rubén y sin preguntar más, le explicó todo lo necesario para llegar al penal de Juárez. –Mira, tomas el shuttle para El Paso, Texas, cruzas por el puente internacional hacia Ciudad Juárez, ya en el centro tomas el camión que dice ruta 12, ese te va a llevar hasta la entrada del penal, ahí vas a tener que esperar unas horas hasta que abran la puerta a las visitas. A tu abuelo le va a encantar verte-. Lupe no podía explicar con palabras la emoción que sentía su corazón, ella sabía que lo que más deseaba Germán era poder volver a ver a su nieto. Ya habían pasado meses desde que Lupe había podido ir a visitarlo. Ella sabía que la comunicación de Estados Unidos con la cárcel en México era imposible. Así que no podía comunicarse con él para darle la buena noticia. Además, sabía que era mucho mejor una sorpresa para los dos.

Lupe me preguntó si me podía acompañar, pero creo que ella ya sabía la respuesta, sabía que esto lo tenía que hacer solo. Me preparé. Los días en el trabajo, antes de irme, iban a ser los más largos de mi vida, incluso después de tanto tiempo. Todos los días imaginé que decirle, cómo pedirle perdón, había tantas cosas que decirle, sentía vergüenza, también sentí coraje pero cada vez que venía a mí ese sentimiento me repetía una y otra vez ¡Ya lo perdoné!, ¡ya lo perdoné!, pero me supongo que así es la mente humana. No podemos borrar todo lo que tenemos dentro.

Simplemente podemos ignorar nuestros pensamientos o dejarlos ir. Cada noche y cada momento venía a mí un recuerdo de paz y cada vez crecía más dentro de mí cuando sólo pensaba en abrazarlo, en decirle cuanto lo amo y todo lo que me hizo falta.

Blanca sentada frente a su computadora escribiendo, un poco cansada ya de tanto teclear y dudando de lo que había pensado que era lo mejor.

No sé qué me pasa. Hace mucho tiempo que no entraba a mí este desánimo. Había sido tan fuerte. ¿Será que ya llegó mi hora o simplemente es la lucha que enfrentas en este mundo cuando alguien quiere hacer algo por otra persona?– ¡Ánimo Blanca!, vas por buen camino, ¡ánimo!–se decía Blanca así misma para salir de ese desánimo en que había entrado y poder seguir escribiendo. Había sido fácil, ¡cómo pensé que no iba experimentar este sentimiento mientras escribo! Ya casi termino de convertir en letras todo lo que pienso, ¡no voy a darme por vencida! Ya llegué a este punto, debo de seguir luchando, como puedo escribir sobre el amor, sobre el gozo si me dejo vencer por la obscuridad.

Blanca se llena de fuerza y continua escribiendo, su Fe, su fuerza de voluntad es mayor y de esta manera logra dominar sus pensamientos para así poder dominar sus emociones.

La felicidad no es una meta, es un camino, no

podemos ir por el mundo pensando que sólo va a ver felicidad. Porque una persona que no experimenta el sufrimiento, no sabría lo que es el amor. Pero lo que sí sé es que depende de nosotros, depende de lo que leemos, de lo que hacemos, de lo que hablamos y de lo que pensamos, solamente de esta manera podemos seguir por el camino del amor. Nuestra naturaleza nos lleva hacia el sufrimiento y es constante la lucha contra la oscuridad, debemos de ser más inteligentes, más astutos y darnos cuenta cuando intenta entrar en nuestra mente para así poder hacer un alto en la vida y reconstruir para regresar a nuestra esencia. Cuando tenía 9 años viví la etapa más fuerte de mi vida, era una lucha interna que me llevó a pensar las peores cosas de mí. Pero el recuerdo de querer servir a mi familia me regresaba al gozo de la vida. No niego que fue pesado para una niña como yo, ¿cómo podía cargar con el peso de una sola familia? Pero cada vez que crecía me daba cuenta que Jesús había cargado con el peso de toda la humanidad. No quería ser Jesús, lo único que quería era seguir su ejemplo para poder aguantar cada día que pasaba, hasta que se hizo un hábito y, de pronto, todo fue mejorando. Muchas veces pensé que todo se me había dado fácil incluso enfrentar esta enfermedad. Pero no era así, lo que pasaba era que yo había aceptado mi Fe y me había entregado a Él. Sé que cuando uno deja todo en manos de Él, algo en el interior cambia y es como si te liberaras del sufrimiento. No sé si sea un don pero sé que es maravilloso y de esa manera pude soportar cada error de cada doctor que me vio, cada noche que mis padres a escondidas lloraron. No fue fácil, pero de pronto sólo una decisión lo convirtió en fácil.

Frente a una máquina de videojuegos está parado Adán, junto a él esta Uriel. Los dos están jugando uno contra el otro. Uriel emocionado le dice a su amigo Adán que esta vez no lo va a poder vencer. Con arrogancia, su amigo sólo sonríe. De pronto dos adolescentes con aspecto de maleantes entran al local de video juegos buscando a alguien. Adán los ve a lo lejos y se pone muy nervioso, sabe que lo están buscando a él. Adán jala a Uriel y lo agacha para que no lo vean. Uriel no entiende lo que está pasando pero por la cara de Adán sabe que no es nada bueno. Los dos logran salir corriendo del lugar. Los adolescentes no los ven salir así que continúan buscándolos por todo el local. Adán y Uriel corren por la calle unas cuantas cuadras y se detienen para caminar. Uriel, muy nervioso, le pregunta a su amigo qué fue eso, a lo que él solo contesta –¡Nada!–. Continúan caminando cuando de pronto se oye un grito, los dos niños voltean hacia atrás y se dan cuenta que son los dos malhechores. Adán corre a toda velocidad. Con tanta experiencia en la vagancia, ya sabía que sólo debía correr sin mirar atrás. Uriel nervioso corre detrás de él quedándose a unos pasos. Mientras más cuadras avanzan, más se va alejando de su amigo Adán. Uriel, sin entender por qué lo persiguen y al ver que su amigo lo va dejando atrás, se mete a un callejón. Los malhechores, al ver a Adán tan lejos deciden ir detrás de Uriel, quien está atrapado en un callejón sin salida. Los adolescentes se acercan a Uriel, él no sabe qué hacer. Del miedo, comienza a llorar, uno de los jóvenes se acerca a él y lo golpea en el estómago, mientras el otro le da una patada. Uriel llorando se tira al suelo, cubriéndose su cara, mientras los jóvenes comienzan a golpear todo su cuerpo. Uno de los malhechores, sin darse cuenta, es golpeado por detrás. Es Adán, quien les grita que dejen a su amigo. El joven golpeado cae al piso, el otro comienza a pelear con Adán. De pronto, sin saber cómo ni de dónde, Adán recibe una puñalada en la espalda. El joven, apenas un adolescente, no sabe por qué lo hizo, no entiende que fue lo que lo llevó a tomar esa decisión. Al ver al pequeño Adán caer al piso, asustado suelta la navaja y los dos jóvenes comienzan a correr. Uriel, sin darse cuenta, sólo siente que lo han dejado de golpear. Se levanta, ve cómo los jóvenes corren asustados y ve a su mejor amigo en el suelo junto a un charco de sangre.

Ese día vi la muerte con mis propios ojos, no sabía qué hacer, no sabía qué había pasado, sólo vi que mi mejor amigo estaba tirado en el piso, ¿qué había pasado? me preguntaba ¡Tenía miedo! De pronto la cara de adulto que se le había formado a Adán se había convertido nuevamente en la de un niño. Él estaba sufriendo, no podía hablar, sus ojos le brillaban, no sabía qué hacer, tenía mucho miedo, así que salí corriendo. Sabía que mi mamá me iba a regañar. Durante mucho tiempo me sentí culpable por no haberme quedado, si él había dado la vida por mí cómo no fui capaz de quedarme a ayudarlo. Pasaron dos días para que encontraran su cuerpo. Mi mamá no se dio cuenta. Durante tres semanas tuve que esconder mis heridas. Tuve que comer sin ganas para que no me descubrieran. Incluso tuve que reír, sin siquiera quererlo. Ese año de mi vida fue cuando experimente la hipocresía. Cómo había podido rezar tantas veces a Dios y no haberme quedado con mi amigo muriendo. Todavía recuerdo cómo cerró sus ojos mientras yo al final del callejón volteaba a ver cómo estaba. Él me vio alejarme pero alcancé a ver cómo me sonrió, no sé si lo hizo porque él ya sabía que tenía miedo o para que después no me sintiera culpable. Esas semanas fueron las más pesadas, ¡pero por Dios, era sólo un niño! No sabía qué hacer. Pasaron tantos años y sólo con el tiempo pude sanar la herida que marcó mi corazón. Durante mucho tiempo traté de entender, traté de buscar una respuesta ¿Cómo un joven puede decidir quitarle la vida a otro? Yo creo que ese año fue lo que marcó mi vida para siempre, incluso fue ese suceso el que me ayudó a escoger mi profesión. Esa noche no pude dormir. No podía cerrar los ojos. Mi mamá apagó la luz de la recámara y en cuanto se fue la volví a encender. Tenía tanto miedo. No podía hacer oración. Me sentía culpable. Yo que tantas veces le había rezado, ¿cómo podía rezarle ahora?, si me sentía indigno de Él. Esa noche no dormí nada. Para mi suerte mi mamá se había ido temprano y me había dejado una nota. Así que pude esconderme en la casa para que no se diera cuenta la señora que le ayudaba que no había ido a la escuela. Pero no podía ir a la escuela. Si alguien se enteraba que yo había estado ahí, mi cabeza se llenaba de cosas, de malos pensamientos que hacían de mi pequeña vida un infierno, ¡pero si yo no había hecho nada!¿Por qué me sentía tan mal?, él me había invitado, pensé que él se lo merecía y luego pensaba lo contrario, ¡cómo podía resolverlo si no sabía qué hacer! Toda esa mañana lloré y lloré escondido detrás de unas cajas en el armario del cuarto de mi hermana.

El cuerpo de Uriel no soportó más y cayó dormido. Después de unas horas oye la aspiradora mientras limpian el cuarto de su hermana. Sabía que ya iba a ser hora de salir de su escondite y fingir para que su mamá no se diera cuenta. Llegó la hora de la comida.

Cuando estaba a la mesa aprendí a actuar, traté de comportarme como siempre. Yo sonreía y comía sin tener hambre, pensaba que me merecía ese castigo por irme de pinta. Me preguntaba una y otra vez: ¿Porqué había dicho que sí?, ¿por qué me había ido con Adán? Terminé de comer y mi mamá durmió la siesta como de costumbre y después se fue al trabajo. A las 5 de la tarde tocaron a la puerta. Mi corazón palpitó a mil por hora. Tenía miedo de abrir, pero quién podía ser si a esta hora nunca nos visita nadie. Era María ¡Gracias a Dios que era ella! Fue a ver si estaba bien. Le conté todo, ella me consoló. En verdad que era un niña muy centrada. No me juzgó, al contrario, me dijo que al día siguiente me fuera a confesar y, además, que ella me iba a acompañar. Esa noche, gracias a las palabras de María, pude dormir y al día siguiente pude tomar valor para ir a la escuela.

La mañana había sido muy tranquila, hasta que llegó el director al salón de clase. Al verlo tocar a la puerta mi corazón comenzó a palpitar lo más rápido que podía, me dieron ganas de salir corriendo, no sabía qué hacer. Vi a María, ella abrió los ojos más que de costumbre. Yo creo que también sintió miedo. La maestra se acerca al director, no sé qué le dijo, nunca supe pero la maestra se puso pálida, el director se fue, yo pensé que me iba mandar llamar ¡pero no! Sólo le informó lo sucedido. Todavía recuerdo las palabras de la maestra. –Niños, me acaban de dar una mala noticia: un compañero de ustedes de sexto año acaba de morir, al parecer era un niño medio travieso y pasó lo que tenía que pasar. Por eso, niños, fíjense muy bien con quién se juntan-.

De pronto algo en mi interior convirtió el miedo en molestia, en enojo, ¿cómo podía decir que pasó lo que tenía que pasar?, ¿qué sucede?, ¡el murió por ayudarme! ¡Y lo único que dicen es que pasó lo que tenía que pasar!, ¡pero qué le pasa a esta señora!, fue lo único en lo que podía pensar. De pronto ese miedo a ser descubierto fue convirtiéndose en coraje. No entendía qué había pasado. Además, sólo era un niño y lo único en lo que pensaba era que ese niño había sido mi mejor amigo y que yo lo había dejado morir solo, a pesar de que él había muerto por ayudarme.

Tuvieron que pasar muchos años para que yo pudiera comprender que la humanidad no sabe lo que hace. Tantos años lloré a escondidas a mi mejor amigo. Las únicas personas que supieron mi secreto fueron María y el sacerdote que me confesó. Pero ese sufrimiento a tan corta edad fue el que me enseñó a orar, a entender un poco a los demás. Durante muchos años cargué con mi culpa. Sí que fue largo. Pero ahora me doy cuenta que nadie tiene la culpa, simplemente es algo dentro de nosotros que no nos deja ver la realidad. ¡Cuántas veces en la vida a mí alrededor me topé con la misma situación! Cómo las personas culpamos a otras sin siquiera saber la verdad. Pero también me di cuenta que esas personas no sabían y que simplemente nadie tiene la razón, ¡qué lucha he enfrentado dentro de mí por no querer caer en ese error! Pero cuando menos pienso yo también lo cometo. En verdad sé que no somos perfectos y qué error tan grande cometemos al juzgar a otros. Pero lo que más miedo me da es creer que yo soy el bueno y basándome en mi supuesta seguridad, juzgar a los demás. En verdad dentro de mí existe la oración para no caer en la farsa de sentirme el bueno. Sé que todos cometemos errores pero basta sólo un momento en el que regreses y des la vida por otra persona para en verdad cambiar todo en tu corazón.

Por fin había terminado el día de clase, ya no soportaba más cómo los niños, los maestros y todos en la escuela sólo decían tonterías sin saber, ¡que se lo merecía!, ¡que era normal lo que le había pasado!¡Si sólo era un vago!, ¡está mejor así que seguir haciendo daño a la sociedad!, ¡mis oídos no soportaban!, María, en silencio y sin decir una sola palabra, estuvo conmigo durante todo el recreo y todo el día. Me acompañó caminado hasta la puerta de mi casa y ella siguió a la suya. Había sido un día difícil pero, como siempre, con quienes explotamos son con los que más nos quieren. Ese día a la hora de comida, mi mamá hizo el comentario de la muerte de Adán y sólo me dijo –vez te dije que no te juntaras con él–. Estoy molesto porque ella también decía eso, ¡no era posible que ella también lo juzgara!, salieron las palabras más ofensivas que pude haber dicho a mi madre. Todavía recuerdo su rostro, fue como un latigazo directo al corazón, pero al ver el cambio en su rostro me di cuenta que ella no sabía lo que decía. Duraron semanas para volver a ver a mi madre radiante. No sé si conscientemente ya había olvidado lo que le dije, pero lo que sí sé es que después de palabras, así yo me había convertido en uno más que habla sin pensar. Creo que ese suceso tenía que pasar, porque por el daño que le causé a mi madre, olvidé lo de Adán, porque sólo me importaba tratar de regresarle la felicidad a ella.

Este era el día que estaba esperando. Me levanté temprano, escogí mi mejor ropa. Todo tenía que ser perfecto. Por fin iba a llevar mi mensaje a la televisión. Aunque sólo era una entrevista corta, sabía que iba a ser la mejor de las entrevistas, toda la semana había trabajado en lo que iba a decir, yo sabía que Julia era una gran periodista, incluso me pregunté por qué nunca se fue a trabajar a una televisora internacional. Era mi gran día, la oportunidad que estaba esperando, nunca antes había estado en un foro de televisión, yo pensé que eran más grandes, tantas luces, tanto calor, me sentí un poco mareada pero no le dije a mi mamá porque si no se iba a preocupar. Así que me dispuse a sonreír siempre. Julia me pidió que platicara sobre mi enfermedad. Yo le dije que desde que era una niña me dijeron que tenía un mes de vida, pero cada vez que iba con el doctor sin poder explicarlo esos días se convertían en otros más; incluso esta vez cuando se lo platicaba a Julia me dieron ganas de reír, hasta parecía cómico, pero dentro de mi sabía que no iba hablar de mi muerte sino de la vida, así que en la primera oportunidad cambié el tema. Hablé del sufrimiento, de los miedos y como Dios los convierte en caminos hacia un milagro. También hablé sobre la maravillosa luz dentro de nosotros y cómo nos ayuda a vivir y luchar para poder vencer cualquier obstáculo de nuestra vida. Cuando sentía más emoción al hablar, de pronto un corte comercial. No sé si lo hacen con toda intención para que la gente se emocione más, pero entre corte y corte Julia me daba ánimos, aunque no sé si es porque sudaba mucho. Pero en verdad no estaba nerviosa. Es que poco a poco los reflectores del estudio fueron haciendo que me sintiera mal ¡y claro! aunque sonreía no lo podía ocultar completamente y me imagino que por eso sudaba. Julia me decía para darme ánimos –¡vas muy bien hija!, ¡si sigues así me vas a quitar el trabajo!–. Las dos reímos pero cómo le iba a quitar el trabajo si su presencia llenaba todo el set de grabación. Hablé de mi niñez y Julia me preguntó sobre lo que escribía, tuve la oportunidad de decir que mi sueño era publicar un libro, convertirme en una gran escritora, pero que no había tenido la oportunidad de prepararme, que en alguna parte había leído que los *"escritores escriben"*, así que entonces decidí escribir. Hablamos de mis padres, tuve la oportunidad de decir lo maravillosos que eran. Fue una larga hora de charla, entre corte y corte recibía llamadas para motivarme, para bendecirme, para desearme lo mejor, otros para agradecerme. Fue toda una experiencia, pero dentro de mí el dolor aumentaba, ya me sentía fatigada y por fin se llega la hora de la despedida. Julia me dice que diga mis últimas palabras, en ese momento sólo supe que no iba a ser yo la que hablara. Dentro de mi dije: Dios, se Tú y no yo. –¡Amen a las personas!, no se dejen vencer, los milagros sí existen y por ninguna razón se sientan solos, ¡sepan que Dios sí existe!-.

Julia termina el programa despidiéndose, Blanca sonríe y acompaña al coordinador de piso hacia su camerino, Lilia con los ojos brillosos voltea a ver a su hija. Se ha dado cuenta que es una gran mujer y que cada día que pasa con ella es sorprendida por el corazón de su hija. Ya en el camerino, emocionada pero sin perder su estilo, entra Julia para decir que había recibido una llamada de los productores de México que la querían entrevistar en cadena nacional. ¡No podía creerlo!, ¡en verdad! ¿Eso es lo que seguía? De pronto una puerta se abre y, por otro lado, otra más grande la acompaña. Pero ya sabía mi mamá al oír a Julia sin emocionarse le dijo que no cree que fuera posible. Blanca, al oír a su madre, sabía que tenía que hacer una larga labor de convencimiento antes de llegar a su casa para poder convencer a su papá. Julia dijo que no se preocupara, que los gastos correrían por cuenta del canal y que, además, ella iba a buscar tener los mejores doctores en el foro para que estuvieran al pendiente. Lilia se despide, Blanca le sonríe a Julia en señal de contestación. Julia ya sabía que Blanca iba hacer la labor de convencimiento. Sólo tenía el camino de regreso, sabía que tenía que usar las palabras adecuadas para poder convencer a mi mamá, pero lo único que salió de mi boca fue lo que necesité para que me dijera que sí.

—Ma, tú me has tenido toda la vida, déjame compartir un poco de mi felicidad a los demás—. Lilia sólo pudo pasar saliva. Durante estos últimos meses dentro de su corazón estaba la duda de su egoísmo por no compartir a su hija con los demás, así que dijo: –Está bien, pero falta tu papá.

En ese momento supe que era lo que tenía que hacer, tantos años y ya era momento, el momento de compartir el amor que a mí me habían dado.

Muchas veces nos desesperamos por no saber qué hacer, pero esta vez nuevamente era bendecida por que yo sabía qué dichosa era. En ese momento entendí un poco más. Existen personas en el mundo que nacieron para tener y a ellos les toca compartir, otros nacieron sin nada y a ellos les toca recibir. Hay veces que esto va a cambiar, ¿y a mí? Me toco padecer para que en mí se reflejara la gloria de Dios.

VII

Ya habían pasado unos días y seguía conociendo albergues. Cada día que pasaba entendía que era mi purificación. De pronto, pude ver más allá de los ojos de las personas que ahí estaban. No sé si fue el tiempo en la cárcel o simplemente fue un don de Dios. Comencé a ver en algunas miradas desesperadas un poco de maldad, pero algo dentro de mí me decía que no eran ellos. También vi miedo en algunos rostros, éste fue fácil de identificar, porque cuando llegaba uno nuevo al penal podía ver ese rostro de miedo y recuerdo muy bien a esos nuevos porque al irlos conociendo me fui dando cuenta que tenían un buen corazón, pero que sólo un error los condenó a la prisión. Sin embargo, tanto tiempo en la prisión hizo darme cuenta de la maldad y del perdón. No había mucha diferencia allá adentro que aquí afuera, pero los que no conocía eran a los que desde el fondo de su alma no entendían por qué sufrían, a los que el abuso de personas más fuertes los habían llevado a vivir en la miseria; todas esas ataduras que circunstancias ajenas a ellos les habían dejado fuertes cicatrices en el corazón, y dentro de toda esa obscuridad, en cada albergue, también vi la grandiosa luz de los que a pesar de su sufrimiento deciden servir a sus semejantes. Ellos fueron los que me ensañaron. Con el sólo hecho de observarlos, aprendí que la felicidad no radica en el bienestar de uno sino en el entregarte y entregar tu amor a los demás. Cuando entendí esto supe que ya era mi momento, sabía que tenía que seguir mi camino, encontrar a mi nieto e iniciar la nueva vida.

En un camión urbano sentado en las bancas de la parte trasera va Rubén, se dirige hacia el trabajo. Sumergido en su mente de pronto surgieron pensamientos de los pensamientos. Sintió cómo la paz se había alejado, de nuevo llegaba la angustia, no entendía por qué Dios se había callado, quería renunciar a su trabajo y salir corriendo hacia a su abuelo. Pero no tenía dinero y tenía que esperar su paga del mes. Sentado solo viendo pasar las casas por la ventana, no entendía nada, de pronto había sido tan fácil el perdón, pero ahora lo angustia otra cosa, ¿cómo podía ser?¿Qué tenía que hacer para poder liberarse de todos esos malos pensamientos que le quieren quitar la paz?

Traté de imaginar a Germán, fue difícil porque sólo tenía una foto de él de hace años, traté de crear una imagen en mi mente. Sabía lo poco que dejaba que me contara Lupe, no sabía qué pensar. Desde mi corazón y con ganas de acabar con toda esa angustia que invadía mi ser únicamente pude decir dentro de mí, ¡Padre bueno!, ¡misericordioso!, ayúdame a entender qué quieres de mí, ¡lléname de tu amor!, ¡quítame el miedo!, ¡sáname!, ¡perdóname!, Padre te pido por mi abuelo, perdóname por haberlo abandonado, ¡perdóname!, te pido que lo ayudes a ser feliz, a encontrar el amor que yo no le di. No mires mis errores solamente ve mi deseo por regresar el amor que no he dado.

El camión se acerca a la parada de autobús en la que tantas veces se baja Rubén para dirigirse a su trabajo. Él se pone de pie, desciende del autobús y camina hasta su trabajo. El autobús sigue su rumbo, se suben personas de todas clases sociales, de diferente raza, no importa el color de piel, el tipo de ropa, todos suben al camión buscando llegar a su destino. Tres paradas más y al camión sube Germán.

Al subir sentí que me acercaba a Rubén, el camión había cambiado, había más latinos en él, a diferencia de los que había tomado antes. Le pregunté a un señor cómo llegar a la dirección. Él me ayudó, sólo tenía que esperar a que este camión diera la vuelta y listo, ¿cómo había llegado hasta aquí? no sé, pero desde que inició todo esto había aprendido que la buena voluntad más la acción es premiada. Comencé a pensar tantas cosas, imaginé cuántas veces pudo mi nieto haber tomado este camión, empecé a fantasear. Por fin después de 45 cuadras pude llegar a mi parada, el camión se detuvo y mis manos con fuerza comenzaron a rodar la silla de ruedas. La emoción me inundó. Pasé tres cuadras como me había dicho aquel amable señor, di vuelta a la derecha y, cuando menos pensé, estaba frente al número. Me detuve unos minutos, no sabía qué decir. Mi estómago tuvo miedo nuevamente pero algo dentro de mí lo calló y salió de nuevo el valor, la fuerza que me había llevado hasta este lugar. Así que me acerque, toqué y toqué pero nadie abrió. Quise desanimarme pero si ya había llegado hasta aquí no podía terminar así. Decidí esperar, pasaron horas y horas hasta que el sol se trasladó de un lado al otro.

El camión se detuvo y me bajé de él sin ánimos de caminar, ya que había sido un día muy pesado. Caminé las tres cuadras hacia mi casa, ya casi terminaba de esconderse el sol, justo frente a mi casa estaba él sentado en una silla de ruedas. No lo reconocí pero algo más fuerte dentro de mí me decía que era él.

Germán, entre dormido y despierto, a lo lejos ve a Rubén; de inmediato lo reconoce, era idéntico a su madre. Emocionado grita.–¡Rubén, mijo, eres tú!–

Sin dudar comienza a girar las ruedas de su silla, sus brazos llenos de fuerza lo llevan mientras Rubén paralizado de la emoción, reacciona y corre hacia su abuelo. Germán llorando lo recibe en sus brazos y lo único que pudo decir fue. –¡Perdóname mijo, perdóname!

Rubén, llorando hincado, por fin en los brazos de su abuelo, le dice las únicas palabras que su alma necesitaba decir–¡Perdóname, por favor perdóname!–Pasaron los minutos y ellos disfrutaban de ese bello momento que dentro de su corazón ansiaban con tanto amor.

De pronto, se dieron cuenta de lo maravillosa que es la vida, aprendieron muchas cosas en todo ese tiempo, las escamas de su mente y su corazón se desvanecieron, el mundo seguía igual pero para ellos ya era distinto. Era el momento de comenzar a construir lo nuevo.

A lo lejos se acerca Lupe y no entiende lo que está pasando. Ella continúa caminando. Entre más se acerca se da cuenta que era Germán junto a Rubén. Su corazón se llena de gozo. En ese momento ella vive y entiende el milagro del amor, desde lo lejos se deja caer en su rodillas con sus ojos llenos de lágrimas, pero esta vez lágrimas de amor. De su boca sale –¡*Gracias, Señor!*

Por primera vez me di cuenta que la paz que había sentido antes sólo era una pequeña muestra de lo que el perdón hace en nuestros corazones. Mi corazón se había llenado de gozo, un gozo que me decía que todo iba a ser mejor.

No sé si mi abuelo sintió lo mismo, pero dentro de mí sabía que ya la vida iba a cambiar. Pasaron meses y cada día platicábamos algo nuevo. Mi abuelo estaba muy interesado en mí en todo lo que había hecho. Cada momento que pasamos juntos no permitió que el reproche entrara a nuestras vidas, el rostro de Lupe brillaba de felicidad, el de mi abuelo, me supongo que el mío también, cada día que pasaba era más bello, mi trabajo era el mismo pero incluso ahí ya no me sentía desdichado, creo que así es como uno vive la liberación.

Después de unas semanas juntos viajamos a la línea entre Tijuana y dejamos unas flores en memoria de mi mamá. Fue ahí donde nos dimos cuenta que todo había pasado así, pero que gracias a todo ese sufrimiento había encontrado la verdadera felicidad.

Poco a poco había disminuido el dolor que había causado la herida de Adán en mi corazón. Ya habían pasado semanas y me di cuenta que uno nunca olvida. Era muy niño y ya sabía que todo lo que hiciéramos en este mundo se queda en nuestro corazón. Al principio pensé que la vida era injusta para nosotros, que nuestra mente estaba condenada a sufrir nuestros errores, pero ahora me doy cuenta que todo eso que viví a esa edad fue para algo bueno y no sólo mío sino también de Adán. Fue por eso que antes de que se perdiera su corazón era mejor retirarlo de este mundo. Después de eso me fueron sucediendo cosas que no entendía, comencé a ver la maldad en los rostros de las personas. No sé si eso les pasa a otras personas pero yo sólo era un niño. También y gracias a María, me di cuenta que teníamos que pedir perdón y hacer oración para que

Adán terminara de llegar al cielo. Me di cuenta del amor y del poder de la oración por otras personas. También entendí que éramos libres de hacerlo, pero si en nuestra libertad decidimos orar por otra persona, ese acto de humildad multiplica la oración. Entendí a las personas que son puras de corazón.

Cada día que platiqué con María me di cuenta de las personas agraciadas. Ella decidió ayudarme sin esperar nada a cambio. Simplemente creía y sabía que su obligación era ayudar a los más pobres y yo era uno de ellos, un pobre que no entendía nada de lo que era Dios. Él me había llamado para algo y poco a poco me fui dando cuenta que había sido para dar un poco de amor a Adán. Aunque eso sólo fue el principio.

Durante años me fueron pasando cosas que no entendía. María se había ido a estudiar a Monterrey como muchos de Chihuahua, así que me quedé sin mi guía. Pero donde se puso más duro fue en la prepa; fue ahí donde comencé a vivir y ver cosas que no me gustaban. Me di cuenta que es en esa edad donde los humanos nos podemos perder, pero también fue entonces que vi que la maldad que se reflejaba en los rostros no provenía de ellos. Vi cómo muchos compañeros se perdían, pero también vi como muchos se salvaban y fue ahí que decidí aceptar mi camino. Cuando le dije a mi mamá que quería ser sacerdote, se emocionó pero también sintió nervios, ella sabía que la vida del sacerdocio era dura, yo creo que la mía ya había sido lo bastante dura fuera de un seminario. Creo que todo lo que viví fue solamente un entrenamiento. Pero la que más se emocionó fue María, le mandé una carta para contarle. Hace mucho que no sabía de ella, me contestó de inmediato emocionada, creo que ella fue el instrumento para que yo conociera todo lo que de pronto me fue apasionando y, diferente a los demás amigos que hice en la preparatoria, ella no me criticó. No sé si el deseo dentro de ellos de decidir seguir a Cristo los hizo sentirse diferentes a mí porque yo había decidido sí seguirlo y eso los hizo alejarse. De pronto al terminar el último semestre de mi preparatoria y listo para irme me había quedado sin amigos. Pero eso no importaba; yo sabía que eso también era parte de mi preparación. Sabía que cada joven, cada amigo que conocí era mi inspiración para seguir el modelo de Jesús en mi vida. Los años en el seminario no tuvieron mucha diferencia de la vida. Dentro de ahí vi y aprendí muchas cosas. Cuando se llegó el gran día ya estaba preparado para ordenarme, había sido dura la lucha para salir a conquistar el mundo, pero yo creo que por eso dura tanto tiempo.

El día por fin llegó. Mi mamá y la yaquesita estaban en primera fila y más me sorprendió que junto a ella estuviera María, muy contenta de verme. Por fin mi gran día había terminado, ya era un sacerdote listo para salir al mundo, en el seminario me había preparado muy bien, incluso hasta latín y griego había aprendido. Sabía lo suficiente de teología, de antropológica filosófica y había estudiado a profundidad los siete pecados capitales. Fue ahí donde entendí que lo que veía desde niño en las personas no era maldad sino el reflejo de esos siete pecados que son los causantes de tantas heridas en el corazón de las personas.

No sé porqué estoy nervioso. Tantos años esperando. No sé si fue por mi comportamiento en el seminario o simplemente porque Dios les ordenó a sus corazones. Pero yo un joven con muy poca experiencia aún en la vida fuera del seminario. Era nombrado párroco de una iglesia, muchos entendieron que era mi momento, a otros no les gustó tanto la idea pero la tuvieron que acatar. Cuando pongo mi primer pie justo frente a la puerta de mi pequeña gran iglesia. Me di cuenta que había sido a la que María me había llevado de niño. De mí salió una sonrisa, yo sabía que Dios trabaja de esa manera y me di cuenta de la gran responsabilidad que tengo en este mundo porque ahí aprendí que Dios me preparó desde mi corta edad para esto, ¡qué dichoso porque había sido elegido por él para comunicar su amor a los demás! Y lo más hermoso de todo es que lo único que tenía que hacer es dejarme llevar y solamente ser yo, para así mostrarle al mundo el verdadero amor y acabar poco a poco con la miseria del pensamiento, repitiendo a cada uno que Dios está en nosotros, en el ahora y en el presente que el pasado ya quedó atrás y el futuro es sólo una ilusión y que muchas veces lo confundimos con las ansias de saber que ya recibiste lo que esperas. Ahora sé que tengo un largo camino que recorrer a pesar de que hayan pasado tantos años, todas las cicatrices en mi corazón están ahí, pero con el sólo hecho de decidir cada una de ellas ya no me pesa sino que se han convertido en un paso más hacia lo que vine a ser en este mundo.

Nuestra vida estaba cambiando, pero aunque habíamos vivido el milagro de la curación de Sebastián, Claudia nunca había hablado de lo que ella sentía por dentro. Habíamos caminado y crecido más como pareja pero seguía siendo la mujer callada que sólo observaba y hablaba para sí.

Gabriel está sentando en la mesa desayunando mientras junto a él está Claudia, dándole un puré de manzana a Sebastián. De pronto voltea a ver a Gabriel. –¿Amor?–Gabriel la voltea a ver.

En ese momento sentí algo diferente en su voz, sabía que algo tenía que decirme, así que ella me miro directamente a los ojos, con esos ojos y brillo que se ve en las personas con un corazón lleno de amor.

–El día que te fuiste, cuando nos dieron la noticia del bebé lloré toda la noche para que me diera la fuerza y que te diera la fuerza a ti para enfrentar eso. No sabía qué hacer, me sentía sola, pensé que me ibas a dejar, que había fracasado como mujer, no entendía nada y le gritaba a Dios desde adentro que me ayudara a ver lo que no veía. Pero de pronto, mientras yo estaba en el suelo llorando, sufriendo, sentí una paz en mi interior y una luz llenó mis ojos, pero los tenía cerrados, me quedé dormida y al despertar supe que todo iba a estar bien.

No supe que decir. Me dolió mucho haberle causado sufrimiento, pero me di cuenta que juntos podemos borrar todos nuestros errores. Al verla hablar así, mis ojos se llenaron de lágrimas, pero no de dolor sino de alegría porque Dios me había dado una mujer con un gran corazón y fue cuando de mis ojos desaparecieron las escamas y pude ver por primera vez el amor en las personas. Por un momento sentí que así es como Dios nos ve. Me acerqué a ella, la abracé con todas mis fuerzas, ahí entendí que todo lo que vemos y aprendemos desde niños lo podemos desaparecer de nosotros al tomar el control de nuestras vidas. Cuando era niño no había visto muestras de amor de mis padres, no que yo recuerde. Él se había ido cuando yo era apenas un niño y creo que, si se había ido, era porque no entendía el amor. Desde entonces lo único que recuerdo es a mi madre trabajando. No sé si porque no le gustaba el estar en la casa o porque había sido educada para trabajar. Me di cuenta que independientemente de lo que hayamos vivido, está en nosotros la decisión de liberarnos de todos los errores que nos heredan. Sé que somos únicos y que todos nacemos con un corazón limpio, pero que la vida puede ensuciarlo y esa suciedad hace que nos alejemos de lo que nos da la paz. Me gustaría borrar todos mis errores pero eso no es posible. La mente del hombre no olvida. Aquí en este momento sintiendo este hermoso abrazo de mi esposa, sé que todo se va a cicatrizar con el tiempo y con amor. El amor lo cura todo, pero debemos de estar conscientes que nada es rápido como en las películas. Todo necesita tiempo y entre más profunda es la herida más tiempo necesita para sanar.

Me levanté con ganas de empezar de nuevo, lo primero era renunciar a mi trabajo. Así que me levanté muy temprano y salí a comprar el periódico. Regresé y me senté en la mesa antes de que se levantara Claudia.

Cuando se despertó y me vio en la mesa con el periódico, me preguntó qué hacía. Lleno de emoción le dije que buscaba un nuevo empleo.

A Claudia no le sorprendió, sabía que su vida iba a mejorar y sabía que, aunque ella imaginara cosas, nada de eso iba a pasar si Dios no lo quería. Así que lo alentó a buscar.

Por fin, después de tantos empleos, encontré uno que me gusta, apunté el teléfono y hablé para que me dieran una cita. Ese día volví a mi antiguo trabajo a darles las gracias, sabía que había terminado con ellos y quería hacerlo de la mejor manera. Toda la noche no pude dormir. Había pasado tiempo, hace mucho que no tenía una entrevista de trabajo. Pero si ya habían pasado tan maravillosas cosas en mi vida, una entrevista no era nada más que una pequeñez, así que dormí, descansé y al día siguiente emocionada, con mi ropa lista y ya despierta me esperaba Claudia, para darme ánimos y decirme que todo iba a salir de maravilla. Así es la esperanza; ni siquiera había ido a la entrevista pero algo dentro de mí me decía que era mi oportunidad de mejorar. Ya había iniciado en mi interior el cambio, ahora tenía que iniciar en mi exterior. Cuando llegué me sentí como en casa, una gran señora me recibió, su rostro reflejaba alegría, parecía que me estaba guardando el puesto. Siempre había sido bueno para enseñar y esta vez era mi oportunidad. Sabía que el ser maestro era una responsabilidad y yo quería seguir ese camino. Sabía que podía ayudar a más personas y qué mejor que en la universidad. Aunque no era una escuela grande, ya que sólo es una filial de la Universidad Autónoma de Sonora, creo que ahí es el lugar donde puedo transmitir un poco del amor de Dios por medio de la educación. No le importó mi poca experiencia como docente, pero algo le había dicho a ella que ese puesto era para mí. Al salir de la entrevista corrí emocionado al carro buscando llegar lo más pronto a mi casa para darle la notica a Claudia. Al llegar, en la mesa había un gran pastel de chocolate; al oírme ella, con Sebastián en los brazos, corrió a mi lado para darme un abrazo y de su boca salieron las palabras de amor que me felicitaban. Esta mujer tiene la Fe más grande que jamás hubiera conocido. Fue lo único que pensé, ni siquiera me pregunté cómo sabía que me iban a dar ese empleo, sólo dijo:–¡Gracias a Dios!–. Ese día comimos pastel y corrimos a la iglesia nuevamente a darle gracias. Sé que Él ya sabía que estábamos muy agradecidos pero teníamos que ir para poder estar tranquilos dentro de nosotros.

Al llegar a casa, corrí directo hacia el cuarto de mis papás; ni siquiera esperé a mi mamá para que me acompañara. Ella corrió detrás de mí para alcanzarme. Yo sabía que mi papá estaba viendo la televisión así que me acerqué a él y le dije: –Papi, me invitaron a la televisión en México y quiero ir, yo sé qué me vas a decir-. –José la interrumpe antes de que termine de hablar –está bien, puedes ir. Sólo si te acompaña tu mamá–. En eso entra Lilia y, sorprendida por lo que escuchó, se queda parada en la puerta tratando de asimilar las palabras que escucharon sus oídos. Blanca brinca de emoción y se acerca a él para darle un beso y las gracias, emocionada corre a su cuarto. Lilia desde la puerta ve a su marido, no entendía porqué había sido tan fácil, –¿Estás bien?–le pregunta Lilia, José la voltea a ver y se sienta en la cama mientras ella se acerca a él. –Cuando la vi en la televisión, vi un brillo en ella, sabía que tenía que dar esperanza a las personas que la veían, inclusive a mí. Cuando la oí hablar entendí que era una niña maravillosa y que no la podía tener sólo para mí, entendí que eso era egoísmo, además si tanto doctor se ha equivocado con ella, no crees que ya sea momento de compartir-.Lilia, al oírlo, lo abraza y le da un beso lleno de amor, y al dárselo recordó al hombre de quien se había enamorado. Se dio cuenta que se había encerrado en sí misma en su sufrimiento y lo había dejado solo tanto tiempo. Se dio cuenta que el tiempo había pasado en su compañero y que no lo había disfrutado por tanto temor y angustia que sólo ella permitía dentro de sí.

Blanca, frente a la computadora mientras sus padres enamorados se contemplan el uno al otro, escribe desde su corazón.

Es complicado ver al amor cuando el sufrimiento pone vendas en nuestros ojos, pero es más bello el despertar después de esa venda porque, cuando se cae, te das cuenta de lo que te perdiste y buscas ser mejor para no volverlo a perder.
No sabía por dónde empezar. Tenía que escribir lo que quería decir en la televisión. Sabía que era una gran oportunidad estar en cadena nacional. Así que se dio cuenta que tenía que hablar del amor y como su ser

logró vivir más allá de lo esperado gracias al amor, al amor de sus padres y al amor que ella intentaba retribuirles.

A nadie le conté que soñé con enamorarme, pero mi enfermedad me lo impidió. Nunca dije que soñé con tener hijos, pero eso no era posible. Sí tuve sueños y deseos, pero esos no se cumplieron como yo esperaba; inclusive el sueño de dejar a otras personas un mensaje de vida no se cumplió como yo esperaba. Se cumplió de manera distinta. Sé que los sueños se cumplen, de alguna u otra manera. Siempre soñé con formar la familia perfecta y, sin embargo, no la formé sino que se me dio formada. De esa manera sé que los sueños se cumplen. Soñé llegar a las personas, dar conferencias por el mundo; aunque no se dio de esa manera. Ahora estoy en televisión nacional. Soñé con tener muchos amigos y solo tuve dos: Jaime y Chedrik, pero fueron los mejores amigos del mundo. Soñé con curarme y eso nunca sucedió, pero lo que sí sucedió fue que los doctores se equivocaron en mi muerte. La vida es como un circo, tiene de todo y cuando esperamos algo nos sorprende con otra cosa mucho mejor. Toda mi vida supe que me estaba preparando para algo. Esa espera estuvo llena de bendiciones. En ella aprendí muchas cosas, me di cuenta que el amor puro y verdadero no espera nada a cambio, también aprendí que sin el sufrimiento no llegaríamos a la felicidad, aprendí que la maldad no es más que un pensamiento que te aleja de la paz. Tuve que saber que iba a morir al día siguiente para poder disfrutar de cada momento, aunque cada día se convertía en un día más y, cada día más, en una oportunidad de ser feliz y hacer feliz a los demás.

Blanca deja de escribir por un momento, toma a Chedrik en sus manos y se recuesta en la cama.

Cuántos años había deseado salir al mundo y de pronto me llega el mundo entero, poco a poco pedí por mi libertad, mi interior se sentía oxidado. Tantos años esperando esta oportunidad y ahora siento no merecerla ¿qué me sucede? Yo no soy así, debo de romper las cadenas que hay en mi interior, claro que lo merezco, si Dios me da esta oportunidad debo de tomarla.

Muy confundida Blanca toma a Chedrik, lo abraza fuertemente mientras llora. Ella experimentaba nuevos sentimientos, todo era totalmente nuevo para ella, pero poco a poco se fue dando cuenta de ello y entendió que era natural el sentirse así. Sabía que todo lo nuevo provoca miedo pero también sabía que, para seguir el camino al que se quiere llegar, siempre hay que vencer los obstáculos; y los más grandes a vencer son los que crea la mente. Blanca en su lucha logra vencer nuevamente mientras cae en un profundo sueño.

Ya había pasado una semana en el templo. La gente no estaba muy contenta de tener a un párroco nuevo y joven. No sé porqué pensé que iba a ser fácil si es normal que existan obstáculos en el camino. Pasaron semanas para que llegara alguien a confesarse. Yo lo único que podía hacer era preparar muy bien mi homilía, yo sabía que era complicado hablar del amor de Dios pero tenía que hacerlo, yo sabía que Él no quiere vernos sufrir y mucho menos ver tanto rostro cansado y agobiado por el sufrimiento. Tenía que empezar por acercarlos al Dios amoroso. Siempre motivado por el rostro de felicidad que vi en Adán en el piso de un callejón, ya ese dolor a causa de la culpabilidad se había convertido en un recuerdo. Al principio quise hacer muchos cambios en la parroquia pero las mismas personas me fueron deteniendo. De pronto mi corazón se llenó del mal recuerdo de todos los que habían hablado mal de Adán después de su muerte y comencé a ver cómo las personas de la parroquia no dejaban de hablar mal de alguien. Quizá no estaba listo para administrar una parroquia, comencé a vivir en un desierto, me sentí solo, ya no tenía ganas de oficiar misa, comencé a tratar de no oír nada en el confesionario, cada vez que confesaba a alguien pensaba en otra cosa. Pero qué me pasa, estoy en este camino para ser luz en la obscuridad. No podía ser que me estuviera pasando esto a mí, no quería juzgar pero algo dentro de mí me hacía juzgar. Así que callaba todo mi interior orando más fuerte, así paso una semana y luego otra. Mi madre fue a visitarme de vez en cuando, pero yo casi no tenía ganas de nada. Por mi mente pasó el pensamiento de regresarme al seminario. Pero nuevamente algo maravilloso sucedió un día mientras limpiaba el Cristo que cuelga en el centro del altar. Dos pequeños llegaron. Se veía que no sabían lo que hacían pero ellos, sin miedo, se acercaron justo hasta enfrente, se hincaron y comenzaron a rezar con todo el corazón. Al verlos recordé la primera vez que visité esta iglesia. Tenía la misma edad que esos dos pequeños y fue en ese momento que mi aflicción se convirtió en gozo. Ahí supe que la vida no iba a ser fácil, pero si yo decidía verla de otra manera entonces todo pesar se convierte en un gran logro. Recordé mi Fe cuando niño, recordé que a esa edad no me importaba nada ni cómo, solamente sabía, y sabía que mi oración, a pesar de los demás, lograba un cambio. Y así como en aquella época aprendí a ver el corazón de Adán, ahora debo de luchar por volver a ver la pureza en los corazones de cada uno de los miembros de la parroquia. Esa noche fui a visitar a mi mamá, hacía tiempo que no veía a *la yaquesita* ya toda una adolescente. Me esperaron a cenar y esa noche le conté a mi mamá todo lo que había pasado aquel día que me fui de pinta. Ella sólo escuchó, fue la mejor noche de mi vida, había sacado un secreto que estaba en mi interior, por fin era totalmente libre. Ya estaba listo para enfrentar mi camino. Al domingo siguiente había caído la más grande nevada en la historia de Chihuahua, no sé si fue el miedo o qué pero la iglesia se llenó y ahí estaba toda la iglesia llena como lo había pedido tantas veces, así que comencé por hablar del verdadero amor y cómo el perdón y la confesión nos libera de todo lo que arrastramos. Por primera vez vi a las personas atentas escuchando mi sermón. Después de ese domingo todo fue mejorando, los jóvenes se acercaron para crear un coro y muchos buenos feligreses apoyaron para hacer mejorías al templo. Ahí duré sólo 3 años y qué bueno que Dios me movió de iglesia porque ya había empezado a acostumbrarme a ese lugar y creo que la costumbre te aleja de mejorar.

No podía esperar más. En el calendario tachaba los días, ya sólo faltaban 2 para irnos a la ciudad de México, desde hace tiempo que tengo la maleta hecha. Tenía tantas cosas que hacer y la ansiedad de irme no me dejaba pensar. No podía escribir tenía que controlar mi mente.

Después de varias horas Blanca por fin puede continuar escribiendo.

La mente puede ser uno de nuestros mayores obstáculos para lograr las cosas que queremos, es una herramienta que debemos de aprender a controlar, es ahí donde todo inicia, de ahí salen las primeras palabras que van a nuestra boca, de ahí salen las primeras palabras que nuestras manos escriben. Las tentaciones, el fracaso y los malos recuerdos vienen de nuestra mente. Justo ahora enfrento el desánimo y el cansancio creativo. No había podido escribir nada, es por eso que ahora escribo sobre el no escribir. Es sólo un momento de soledad de desierto pero todo pasa inclusive en la muerte. De pronto supe que tenía que terminar de escribir, no sólo no podía sino era ya el momento de dejar de escribir, tanto había escrito en mi vida, que ya el momento de dejarlo había llegado, solamente quedaban 2 hojas más que escribir. Pero este no es el momento de escribirlas. Blanca se pone de pie, se acerca a Chedrik, lo abraza.

—Te cuento cómo conoció mi mamá a mi papá. Dice mi mamá que era el hombre más guapo que había visto, pero que nadie quería salir con él porque se creía muy sabiondo. Dice que sólo hablaba de escritores y siempre quería enseñar, la gente se fue alejando de él, así que ella un día lo vio sentado en la fuente del Tecnológico dándole de comer a los patos. Dice que ella no podía entender que alguien como él tuviera tan pocos amigos, ¿y sabes? Creo que toda la gente que lo fue dejando se fue perdiendo del buen corazón que él tiene. Desde que yo recuerdo, ha dado todo por mí y por su familia. ¿Cómo fue que la gente lo dejó solo?, no sé si Dios lo fue preparando para lo que tenía que enfrentar a mi lado, yo creo que por eso se encierra en su fútbol. En verdad que es un gran hombre y estoy muy agradecida porque Dios me lo dio como papá. Dice mi mamá que se acercó a él para preguntarle sobre los patos, él dice que cuando la vio traía puesto un pantalón blanco de mezclilla y lo único que vio fue a la más hermosa mujer que jamás hubiera visto. De pronto descubrió que ella amaba la ortografía y él un amante de la literatura. Tuvieron que pasar 2 semanas para que él se animara a invitarla a comer. Él dice que sólo era feliz al ver a esa hermosa mujer llena de energía siempre de un lado a otro, él la seguía a donde fuera. De pronto lo llevaba al centro y cuando menos pensaba ya lo traía caminando en el Parque Fundidora. Sí que le enseñó a ver lo hermoso de la vida-. Blanca por un momento se queda callada pensando en la historia que le cuenta a Chedrik.

-Dios, te pido por mis padres, dales la oportunidad de vivir la vida como cuando eran jóvenes, convierte su sufrimiento en felicidad, llévalos a recorrer las calles como cuando su juventud y que su rostro ilumine cada lugar que pisen-.

Blanca abraza cariñosamente a Chedrik, –¿Debe ser hermoso encontrar a la persona que te complementa?–José y Lilia duermen abrazados uno a otro en su recámara.

Había sido un gran día, antes de entrar al salón de clases había hecho oración. Sabía que tenía responsabilidad con todos los alumnos que estaban a mi cargo. En verdad me gustó mucho, sabía que era mi camino, tantos años que había perdido en búsqueda del trabajo perfecto. Ese día llegué a casa, Claudia ya me esperaba con la comida preparada. Sabíamos que el sueldo era poco pero nos alcanzaba para vivir. De pronto tuve más tiempo y lo pude compartir con Sebastián, es como un sueño hecho realidad. Después de tanto sufrimiento me di cuenta que las cosas sí cambian. Ahora entiendo a todos los que me decían que las cosas iban a cambiar. Creo que dan ese consejo porque ya pasaron algo difícil que se resolvió. Lo que sí no sabía era cómo ser esposo y padre, así que me abandoné a Él. Si ya había hecho todo por salvar a mi familia, yo creo que el educarme a ser un mejor esposo, un mejor padre era nada para Él. Así que oré día y noche para que bendijera a mi familia, mi trabajo, para que me diera la gracia de corregir mis errores. Al principio fue duro, no niego que viví desanimo. Creo que muchos se alejan del camino de la perfección a causa de las películas, en ellas siempre vemos que todo se resuelve tan rápido, pero en la vida real todo tiene su tiempo.

Ya han pasado meses. Veo cómo Gabriel lucha

por ser mejor cada día, ¡Dios te pido por él! ¡Ayúdalo!¡Dale la fuerza que necesita para enfrentar la total conversión!, yo sé que a veces sufre, no sé si así sea, lo que sí sé es que lo amo y me duele verlo confundido, ¡por favor protégelo! No lo dejes caer.

Claudia prepara el desayuno, Gabriel está sentado, ve a su esposa prepararle la comida. Al verla él le sonríe, su sonrisa es forzada. En verdad está sufriendo, ayúdalo Dios. Gabriel luce cansado, no entiende nada, de pronto la lucha interna se vuelve muy fuerte, no entiende qué le sucede. Después de tanta paz, de tanto amor, se tornó un poco oscuro, es como si estuviera en un desierto abandonado.

No sé qué hacer, quiero sonreírle pero no puedo. Me siento cansado. Después de tanto amor, ¿cómo me puedo sentirme así? Yo sé que Él está ahí, ¿porque no respondes?, en verdad creo en Ti, ¡por favor no me dejes! Yo sé que me escuchas ¡Ayúdame!, ¿porqué me dejaste conocerte y luego me abandonas?¡Necesito tu ayuda!, yo solo no puedo. Claudia se acerca a mí, me sirve mi desayuno y me da un beso en la mejilla. Sé que me quiere ayudar pero entiendo que no hay palabras para animarme. No sé si todos viven esto. Sé tan poco de religión. Recuerdo que al catecismo sólo iba porque me gustaba jugar con mis compañeros. Por favor Dios no me dejes caer otra vez. Ese día fui a la iglesia, estuve rezando con todas mis fuerzas, le pedía que me enviara un verdadero amigo, alguien que me ayudara a entender lo que estaba viviendo, de pronto me sentía tranquilo pero algo más, dentro de mi corazón, se sentía con hambre de Dios. Esos meses fueron los más duros de toda mi vida, pero yo luché como un guerrero, traté de aguantar toda tentación, seguí orando, seguí luchando, vencí mi ira, vencí al desamor, vencí la desesperanza y poco a poco todo fue cambiando nuevamente. Pero esta vez fue más lento que la primera. Fue cuando entendí la historia del alfarero. Fue cuando sentí dentro de mí el trabajo que hacía, cómo poco a poco decora y termina mi interior. Nuevamente sentí las ganas de vivir, de luchar. De pronto comencé a ver el sufrimiento de las personas, vi la soledad oculta en ellos, esa soledad que no es más que la sed de Dios y me di cuenta que no hay que buscar nada más, solamente hay que seguir en el camino y, si caemos, volvernos a levantar. *Bendito el que nunca ha caído y así llega al final, y bendito el que a pesar de todas sus caídas sigue en la lucha por llegar hasta el fin.* Fue cuando entendí que no somos perfectos y que los milagros suceden día con día, no podía seguir pensando que todo se resuelve rápidamente así que me entregué y, de esa manera, me llenó de fuerza para enfrentar todo. Es cuando lo difícil se convierte en fácil. Ahora disfruto el momento, el presente y es ahí cuando sólo Dios y yo estamos en el presente, el pasado ya fue y por el futuro ni siquiera me detengo a pensar. La gracia de Dios ha trabajado en nosotros. Claudia ha empezado a retomar su sueño de niña, convertirse en una gran repostera, es una gran administradora, muy pronto va a convertir ese pequeño negocio en una gran fábrica de pasteles. De la enfermedad de Sebastián ya no queda ni el recuerdo. Pero eso sí, sabemos que Dios no es solamente un momento sino es un camino que debemos de seguir siempre.

Con una batidora en la mano Claudia prepara una deliciosa mezcla de chocolate.

Me siento cada vez más amada, nunca pensé que él recordara todo lo que le decía, sólo le conté una vez que mi recuerdo de infancia en el que más me sentí feliz fue cuando jugaba a preparar pasteles para mis hermanos. Yo pensé que no guardaba en su corazón lo que era importante para mí y ahora me ha apoyado a que retomara ese recuerdo y que ese juego de niña se convirtiera en realidad. Así es como trabaja Dios por medio de otras personas, de circunstancias. Necesitamos más dinero. Ahora me siento que camino junto a mi esposo. Ya no siento que me esté dejando atrás. Mi madre nunca quiso trabajar pero esto es maravilloso, es una buena manera de entretenerte en algo. Gracias Dios por todos los cambios que has hecho en nosotros, ¡no nos dejes!, ¡acompáñanos!, ¡tómanos de la mano!, ¡bendícenos! Y te pido de todo corazón por las familias que están sufriendo, yo sé que Tú lo puedes todo, ¡tómalas!, ¡sánalas!, dales la fuerza y hazlas una familia nueva.

VII

Las cosas en este mundo no pasan tan rápido. Uno cree que todo se soluciona mágicamente de la noche a la mañana. El sólo hecho de pensarlo me hace alejarme de la esperanza. Creo que ha sido tanta televisión. El ambicionar las cosas ya nos hace egoístas, el pensar en la ausencia de mi padre me acerca a creer que él tiene la culpa, pero entre más avanzo en este camino, más me doy cuenta que nadie tiene la culpa. Simplemente es una cadena que va creciendo. Hay veces que me alejo de ser yo mismo. No entiendo el camino. En la iglesia mencionan la santidad, pero no la entiendo, todos los santos dejaron de sufrir cuando aceptaron, ¿pero qué fue lo que aceptaron?, yo ya me entregué a Dios, ¿qué necesito hacer para seguir en el camino?, veo cómo va creciendo Sebastián, cómo mi esposa va cambiando, pero algo dentro de mí no me deja llegar a la felicidad plena, me he vuelto más escrupuloso, tengo miedo del mal que me rodea y me gustaría ver el corazón como Jesús lo ve. Ya han pasado meses en la escuela, en el salón de clases me siento completo. Trato de pedirle a Dios que ponga las palabras adecuadas en mi boca, pero he sentido que me he alejado de Claudia, no sé cómo relacionarme. Seguimos creciendo; sé que Dios está ahí, sus silencios me afectan cada vez menos, me gustaría poder hablar con Él y preguntarle tantas cosas, me gustaría que me dijera "Gabriel, ¡te quiero como eres!, ¡no necesitas nada más!¡Sólo sé tú!" Ayer vi en las afueras de la iglesia un letrero que invita a un grupo de oración. Me gustaría que Claudia se uniera conmigo, pero no tenemos donde dejar a Sebastián. Creo que voy a tener que entrar solo. No sé si ella sepa que me siento. Pero no es soledad de Dios, yo sé que Él está conmigo. Creo que si Él me dio una pareja es para estar unidos. ¡Dios, no sé cómo ser esposo! , cada día más entiendo a los hombres que se alejan de su mujer, me imagino que pasan en su cabeza los pensamientos como los que en este momento inundan mi mente. Sé que todo es a causa de mis errores, ¡es pesado! Lo que traigo de niño más lo que le agregué cuando me equivoqué una y otra vez. Jesús nunca juzgó y, cuando estuvo presente en cuerpo, lo único que salía de su boca era "sánate". Ahora entiendo que no se refería a las enfermedades sino a las heridas que se van acumulando en nuestro interior. Veo por qué muchos que empiezan este camino se pueden quedar en él, si pasaron tantos años de desorden. Me supongo que debe de haber también tiempo para la corrección y sanación de todas las malas decisiones. Hay veces que me pregunto si es fácil para todos o simplemente nosotros lo convertimos en difícil. Yo sé que Él está haciéndome nuevo, también sé que para llegar a realizar algo perfecto toma su tiempo. Pero hay noches en las que lloro; es como si hubiera destapado la caja de pandora y se vienen a mí recuerdos de mis errores y tengo que pedir perdón por ellos y aunque sé que, si en verdad estoy arrepentido, él me perdona; sin embargo, eso no deja que en el proceso me duela. En algunas ocasiones me reprocho como pude ser tan tonto, pero luego me doy cuenta que fueron errores de juventud, que no estaba preparado para entenderlo. Creo y es por eso que me abrió el camino como profesor. En cada joven veo la misma ambición, los mismos deseos que pueden ser los causantes de tu gloria o tu sufrimiento. ¡Cómo me gustaría conocer a un joven con la madurez que yo no tuve!, que sepa que Dios siempre te ama y que sólo busque agradarle a Él. En este poco tiempo en la universidad oigo cómo los jóvenes hablan de las parrandas como si fueran lo único en este mundo, ¡pero si así era yo! Me repito:"¿cómo puedes ayudarlos? si a esa edad no escuchamos". No sé cómo le hace pero cuando apenas pienso en algo, Él ya me lo resuelve, el día de hoy dudé de ser profesor. Soy joven con una familia que apenas va empezando. Dentro de mí nace la ambición de conseguir un nuevo trabajo donde gane más, pero se me acercaron unos alumnos a regalarme manzanas, sentí que Él me decía que por ese camino tenía que seguir. Por el dinero ya no nos preocupamos tanto, con lo de las clases mías y la pastelería de Claudia vivimos bien. Él nunca ha dejado de seguir trabajando en nosotros. Ella se ve cada vez más segura, los miedos y mis remordimientos han ido disminuyendo. Creo que todo lo que vivimos cuando Sebastián se enfermó fue para lograr saber que Él está ahí y que su amor es grandioso. Ayer vi a una joven en la televisión. Me llamó mucho la atención. Era brillante, era como si Dios nos dejara ver lo que puede hacer si te entregas a Él. Ella platicó su vida, cómo los doctores le habían diagnosticado esclerosis tuberosa y que sólo le daban un mes de vida, pero que había logrado vivir más años de los que se esperaban. Solamente alcancé a ver 15 minutos de la entrevista, luego me quedé dormido, ¿no sé si Claudia la terminó? Pero creo que los dos nos dimos cuenta que ese amor que Dios sintió por ella, también lo había hecho con nosotros. Recordamos la enfermedad de Sebastián y cómo milagrosamente se curó. Me hubiera gustado conocerla en persona. Regresando a la casa le voy a preguntar a Claudia en qué terminó la entrevista. Es una gran joven, debe de tener sólo algunos años menos que yo, ¡qué bello que tenga la oportunidad de llevar su mensaje en cadena nacional! Es un gran milagro. Creo que se debe de llevar el mensaje a todo el mundo. No sé cómo los elige pero lo que sí sé es que es grandioso y espero que me dé la gracia para poder seguirlo siempre.

No lo podía creer, estaba viajando más allá de la casa, más allá de la granja. Estoy un poco nerviosa, nunca he viajado en avión. De camino al aeropuerto de Monterrey sólo podía pensar en "¡y si me mareo!". Mi papá al dejarnos se veía preocupado, pero no dijo nada para no alterarnos. Yo creo que él percibió también el nervio de nosotras. Mi mamá tenía más de 20 años que no se subía a uno, nos acompañó hasta las escaleras. Para nuestra suerte los productores del programa habían pagado primera clase. Todo el vuelo me la pasé vomitando, pero eso no me impidió ver lo maravilloso que se ven las nubes desde el cielo. Mi mamá se preocupó. Pensó que era por la enfermedad pero la aeromoza nos dijo que eso era normal si nunca había viajado en avión. Me ofreció unas pastillas para el mareo pero no las podía tomar así que tuve que aguantar hasta llegar a México. Desde arriba se ve inmenso. Si Monterrey es grande, el DF es una súper metrópoli. Desde el avión parece que no tiene fin. Con razón la gente que sale en las noticias siempre luce apurada. Me imagino que para llegar de un lugar a otro se debe de preparar con horas de anticipación. Cuando vi tanto tráfico no sé porqué pero recordé los cuentos de Cortázar. El DF sí que parece una ciudad de cuento. Por fin llegamos al aeropuerto de México. Me lo imaginaba más grande. Una ciudad de este tamaño se merece un aeropuerto mucho más grande. Aunque el aeropuerto no me sorprendió tanto, lo que sí me sorprendió fue toparme tantas caras conocidas del fútbol, ¡eso de tener un papá futbolero! En la recepción de equipaje ya nos esperaba un chofer para llevarnos a los estudios en San Ángel. Nos subimos a una camioneta de pasajeros, él manejó por muchas calles y no dejaba de hablar. Mi mamá estaba sorprendida con el hombre de como conocía su ciudad. Ahí me di cuenta de lo poco que conocía Monterrey; sólo recordé sus calles principales, Garza Sada, Morones Prieto, Gonzalitos y de Guadalupe sí que no conocía nada. Yo creo que eso es algo de lo que diferencia los del sur a los del norte. Ellos no tienen a Estado Unidos cerca y así aprenden a disfrutar más lo que tienen aquí. En cambio, desde que yo tengo uso de razón, mi mamá y mi papá viajan a McAllen aunque sea sólo una vez al mes con el pretexto de ir a comprar cosas para mí. En cambio aquí el DF tiene lo que verdaderamente es nuestro.

Me quede callada y atenta a la plática de mi mamá y el conductor, viendo lo maravilloso de mi México, viendo nuevos rostros, me sentía cansada pero no lo podía demostrar. Además, creo que mi mamá y su emoción por conocer la ciudad no se iba a dar cuenta. Pasó una hora hasta que llegamos a los estudios, ahí ya estaba una simpática enfermera esperándome. Todo sucedió tan rápido, caminamos por los foros; Pablo, el chofer, siempre estuvo a nuestro lado y también la enfermera siempre al pendiente. De pronto entre los foros fuimos viendo muchas personas de la farándula, mi mamá estaba más emocionada que yo y le decía a Pablo. –Mire, ahí está ése, ¿cómo se llama, el de la novela?- el chofer le sonreía y le decía el nombre. Supongo que él ya está acostumbrado a convivir con ellos. De pronto me di cuenta cómo la televisión cambia la percepción y comienzas a ver a las personas que sólo hacen su trabajo como simples estrellas, pero no son más que humanos como nosotros que también sufren y me supongo que se nos olvida. Algunos de los artistas que nos topamos se detuvieron a saludar a mi mamá, otros ni siquiera la volteaban a ver. Me imagino que esos son los que más sufren. Llegamos a la oficina de los productores del noticiero, ellos nos recibieron amablemente, nos explicaron cómo iba a ser todo y de nuevo nos enviaron a la enorme jungla de tráfico rumbo a nuestro hotel en Reforma. Pablo, emocionado porque le dieron la orden que nos llevara a conocer todo México, nos llevó a pasear al segundo piso, ¡sí que es bella la vista desde ahí!, ¡pero no se compara con la vista del avión! Yo ya me sentía cansada así que le dije a mi mamá que mejor nos fuéramos al hotel a descansar. Así que sólo tuve oportunidad de conocer muy poco pero para mí ya era suficiente con haber ido a los foros de televisión, haber pasado por el periférico, el segundo piso, y ahora Reforma ¡Sí que es grande!, esta ciudad no tiene final. Por fin llegamos al hotel, comencé a sentir ansiedad dentro de mí, pero ésta vez era diferente, era más físico, no era por nervios. Mi cuerpo temblaba por dentro como cuando se me subía la presión, así que preferí acostarme. Mi mamá fue a comer al restaurant del hotel. No me sentí mal por ella porque Pablo se quedó para hacerle compañía. Me despertó la regadera, volteé a ver el reloj, ya faltaban dos horas para irnos. Mi mamá se estaba bañando, me seguía doliendo la cabeza, había manchado la almohada con sangre que me había salido por la nariz. Antes que se diera cuenta mi madre escondí la almohada debajo de la cama, fui corriendo al lavabo y me limpie la cara. Oí cómo cerró la llave de la regadera, me recosté en la cama y prendí la televisión sin ponerle atención. No sé qué me está pasando. Tengo miedo. Sólo quería estar sola pero era imposible. Mi mamá estaba ahí. Así que en mi mente comencé hacer oración, quería que me quitara el mareo, el miedo, la ansiedad y todo lo que dentro de mí estaba pasando. Mi mamá salió del baño y corriendo, sin darle tiempo de ver mi rostro, me metí a la regadera. Le abrí a la llave pero no podía meterme así que me senté en el piso y comencé orar. Tenía mucho miedo, estaba muy cansada, no podía aparecer así en televisión, tenía que mostrar el milagro que Dios había hecho en mí y para eso tenía que ir radiante, tenía que reflejar lo que Dios había hecho en mí. Así que mientras me bañaba sólo pude decir hágase tu voluntad y así mi miedo se transformó en fuerza y todos los dolores se convirtieron en una ofrenda. Mi madre tocó la puerta del baño –¡Apúrale hija ya mero es hora!–. Me terminé de secar y me cambié lo más rápido que mi cuerpo me dejó. Cuando bajamos al lobby ya Pablo estaba esperándonos, antes de llevarnos a los foros le pedí que pasara por Chapultepec tan sólo de lejos. Aunque ya no lucía mucho porque el sol estaba bajando pude verlo desde la camioneta. Llegamos a los foros. Ya los productores estaban un poco molestos porque llegamos con cinco minutos de retraso. La enfermera nos acompañó al camerino, el cual estaba lleno de arreglos florales de osos de peluche y dulces. Todos eran para mí. Mi mamá al verlos casi llora de la emoción, era demasiada cortesía. El floor manager se acercó, tocó a la puerta para decirnos que me preparara porque en media hora saldría al aire. Mi corazón comenzó a latir más fuerte. Respiré, esos minutos fueron larguísimos. Algo dentro de mí tenía miedo de que llegara de nuevo el floor manager por mí. En eso, para nuestra sorpresa, por la puerta entra Julia. Su visita nos sorprendió. No la esperábamos en México. Sí que me distrajo, ella me volteó a ver. –¡Ánimo belleza!¡Ya estás aquí, no tengas miedo!¡Todo va a estar bien!, Ya verás-. Sus palabras me dieron ánimo. En ese momento llegó el floor manager por mí pero ya nada importaba, el miedo se había ido. Julia había sido un ángel enviado por Dios. Caminamos por el pasillo directo al set de grabación. Ésta era mi noche. Mucha gente en todo el país me iba a ver. El licenciado, ¡genial, era todo un experto para entrevistar!, en cuanto me senté en la silla junto con él me dijo –¿Cómo estás, hija? Me dijeron que eres muy buena en las entrevistas–. Él sonrió y yo me sonrojé –mira, hija, lo que vamos hacer es lo siguiente: van a ser dos bloques de 15 minutos, en el primero hablamos de tu enfermedad, de cómo los doctores se han equivocado y para cerrar ese bloque dices unas palabras de aliento para las personas que están padeciendo algo; en el segundo bloque hablamos de lo que escribes y te despides.

Yo sólo asentí, el floor manager nos da la señal; de nuevo, dentro de mí, esa sensación, no, por favor, aquí no, tengo miedo, ¡sólo sonríe!, ¡sonríe! El licenciando comienza a hablar, da la introducción.

–¡Tenemos hoy a una invitada de lujo!, ¡un milagro viviente!, está con nosotros Blanca ¡Hola, hija!,

¿cómo estás?–Yo solo asentí con la cabeza, no podía hablar–. A ver, hija, háblanos de por qué estás aquí–.Dentro de mí busqué energía para poder hablar.

-¡Gracias licenciado por darnos esta oportunidad a mi familia y a mí de estar en este bello canal de televisión y gracias por lo de milagro! pero bueno, yo sólo estoy aquí para contar un poco de lo bello que ha sido la vida para mí-.El licenciado interrumpe a Blanca para hablar–. Es interesante que digas "lo bello", es por eso que te invitamos. Señores, saben, este tesoro aquí sufre una de las más fuertes enfermedades que atacan hoy a nuestra humanidad, pero así como la vida te da un sufrimiento por otro lado te da una bendición, este caso: Un bello corazón. De nuevo me sonrojé, –¡Gracias!, pero para mí no es la vida sino Dios, a mí me diagnosticaron una enfermedad terminal desde que era muy niña, así que toda mi vida me la pasé entre doctores y con diagnósticos de muerte fatales. Cada día que amanecía según un médico era mi último día pero de pronto ese pánico de muerte diario se convirtió en una bendición, porque así aprendí a vivir y a disfrutar a mi familia, y digo a mi familia porque sólo podía salir de mi casa al hospital. Así pasaron tantos años y los doctores no sabían qué era lo que pasaba. Doctor que veía, doctor que no entendía por qué seguía viva-.El licenciado callado sólo escucha, dentro de él no podía creer que estuviera frente a un milagro. Blanca continúa contando su historia.

–Cuando uno sabe que va a morir comienza a ver las cosas de otra manera; pero en mi caso fue diferente, yo sabía que ya estaba muerta pero no entendía por qué seguía aquí, así que decidí escribir y vivir mi vida feliz dentro de mi casa e incluso en mis visitas al hospital. Entendí lo que era la esperanza. Mientras mis padres lloraban, yo buscaba decirles de la manera que me entendieran que no se preocuparan, que yo era feliz así, que no necesitaba nada más. Como quiera ellos se dieron a la tarea de hacerme la vida más normal, así que estudié en mi casa, terminé mi carrera y todo desde mi habitación. Tuve la oportunidad de hacer amigos, pero todo desde mi aislamiento-.El licenciado interrumpe nuevamente para hacerle una pregunta.

–¿Cuéntanos de tus ambiciones, tus sueños?–Nunca había pensado en mis ambiciones pero en mis sueños sí, así que tarde unos segundos antes de contestar. –¡Ambiciones!, nunca había pensado en eso, pero bueno, creo que una persona aislada del mundo no puede ambicionar nada que no conoce. Pero no crea que me refiero a aislada de las personas porque creo que las relaciones son parte de nuestra humanidad, ¡no!, me refiero aislada de las cosas del mundo ¿Y mis sueños? El único sueño que tenía era el de regresarle a mi familia la felicidad, pero después se convirtió en llevar el mensaje de felicidad y esperanza ya no sólo a mi familia sino a más personas posibles, y así fue como empecé a visitar los hospitales, pero no sólo para que los médicos me vieran a mí, sino para poder transmitir un poco de la alegría que habita dentro de mí a las demás personas, porque creo que el sufrimiento es el causante de todos nuestros problemas, pero también creo que nosotros podemos acabar con el dolor, porque siento que el sufrimiento es sólo un pensamiento fijo, una ilusión-. El licenciado no sabe qué decir, Julia y

Lilia ven y escuchan a Blanca hablar, todos en el foro la escuchan y mientras oyen cada palabra de ella, algo dentro de ellos se mueve, comienzan a escuchar su interior, incluso el floor manager pierde la noción del tiempo y por poco se le pasa el segundo corte. Él reacciona y le hace una señal con la mano al licenciado para terminar el primer bloque.

–¡Para terminar la primera parte de esta entrevista!, ¿Blanca algo que le quieras decir a las personas que padecen una enfermedad y que los ayude a vivir?–. Blanca piensa unos segundos qué decir. –Bueno antes que nada yo creo que no sólo los enfermos sufrimos, yo creo que todos sufrimos de alguna manera. La diferencia está en que nosotros sabemos qué es lo que tenemos, pero bueno, yo creo en Dios y también sé que muchos tienen vergüenza de decirlo en televisión, pero si se tomaran un poco de su tiempo para acercarse a Él, se darían cuenta que no existe nada más maravilloso que Él y estoy segura que con el sólo acto de humildad de decirle "¡aquí estoy, ayúdame!" en ese momento el milagro nace… y que recuerden que todo lo que se hace perfecto, lleva su tiempo-.El licenciado envía a un corte comercial. Un silencio inunda el foro, todos pensando en las palabras de Blanca, Julia y Lilia sonriendo, ellas saben que Blanca está en el mundo para ser un ángel por medio de sus palabras. Ellas se acercan junto a Blanca, Julia le lleva una botella de agua, Lilia le pregunta: –¿Te sientes bien?–.

La verdad no podía decirle lo mal que me sentía. Mi fuerza física estaba deteriorada, me sentía mareada,

¡ya no podía más! pero tenía que terminar. Tomé un poco de agua, sentía nauseas, no sé si eran las luces del foro, eran demasiadas y todas directas a mi rostro, ni siquiera recordaba lo que había dicho. Una parte de mí quería que ya terminara y otra me decía que no tuviera miedo, que todo iba a estar bien.

Frente al televisor, sentado, viendo la entrevista con orgullo de su hija, está José. De pronto se dio cuenta del significado de la vida de su hija, al verla, al oírla, sabía que ella estaba en este mundo para dar testimonio. De pronto su miedo había terminado, Blanca lucía radiante en la televisión. Sentado en la orilla de su cama llenándose de gozo al oír cada palabra de su hija, fue entendiendo poco a poco que todo lo que había pasado tuvo que ser así, que ella llegó a ser ella gracias a todo lo que había vivido. Sintió dentro de él la sensación de gozo, de amor y de paz.

Junto a Claudia está Gabriel viendo la entrevista de Blanca, de pronto se dieron cuenta que ella también había vivido un milagro y entendieron que la vida cambia en el momento que deciden seguir a Cristo. Sabían que ellos, al igual que ella, habían sido elegidos y aprendieron que eran únicos, pero que también el amor de Dios se comparte con los demás, de pronto el sueño le gano a Gabriel. El cansancio de tantas horas hablando en clase, sus ojos se cerraron, aunque quería seguir escuchando a Blanca. Su cuerpo ya no podía. Claudia está muy interesada en escuchar todo lo que esa hermosa y llena de gracia tenía que decir, aunque quiso despertar a Gabriel cada vez que oía algo que le llegaba a su corazón. Él, dormido, no daba señal de energía. El corazón de Claudia se fue llenando de interés por Blanca. Esa emoción la mantuvo despierta durante toda la entrevista.

Ya habían pasado todos los comerciales. El floor manager había dado la orden de continuar en 7 segundos. El Licenciado había estado muy callado durante toda la pausa. Yo cada vez me sentía más agotada, sentía que mi cuerpo templaba por dentro. El licenciado da la bienvenida a la entrevista. Pasaron los minutos. Yo hablaba y pensaba al mismo tiempo. Hubo momentos en que mi cerebro no registraba lo que salía de mi boca, era demasiada la ansiedad que mi cuerpo experimentaba, ya quería que terminara eso, así que sólo recuerdo que dentro de mi dije *Fiat voluntas Tua* y fue cuando sucedió. De mi boca sólo salieron estas últimas palabras:

—Lo único que puedo decir es que todo en este mundo tiene un porqué, no perdamos el tiempo en tratar de entenderlo, solamente dejemos que se cumpla su voluntad-.Volteé a ver a mi madre, le dije "te quiero", volteé a ver a la cámara para decirle a mi papá que está en casa "te quiero". El licenciado no entiende lo que está pasando, Blanca viendo a la cámara, dice —Sean felices como yo lo fui, no se preocupen por nada—. Y fue en ese momento cuando lo maravilloso sucedió: de mi cuerpo se desprendió mi alma, en ese momento mi cuerpo comenzó a temblar, de mi nariz corrió sangre. Yo todo viéndolo desde fuera. Mi madre asustada corrió a mi lado, me tomó en sus brazos, no dejó que la enfermera se acercara, ella sabía lo que estaba pasando, sabía que no importara lo que hicieran, mi momento había llegado. Pude ver a mi padre, sentado en la cama llorando viendo la escena de mi adiós. El licenciado llorando, gritando, preocupado, manda a un corte inmediatamente. La transmisión se termina no antes de que mi madre me logre decir –¡Yo también te quiero!–. De pronto vi la luz pero me di cuenta que ninguna película la puede describir, es ver, oír, sentir. Todos los sentidos conectados hacia un mismo fin, el fin de lograr llegar estar en paz absoluta con Él.

José, frente a la televisión ve cómo su hija sigue su camino, lleno de lágrimas levanta sus manos en señal de entrega y dice –¡Tú me la diste, aquí te la entrego!–. José se acerca al televisor, lo apaga, camina hasta el cuarto de Blanca, se sienta en la silla frente a la computadora. A llorar el adiós de su hija. Sin querer mueve el mouse y la pantalla se activa y aparece en el monitor lo último que ella escribió. *"Sé que mi tiempo ha llegado, lo único que quisiera es volver a ver a mis padres como cuando lo más importante en ellos era el amarse el uno al otro, como Tú nos amas a nosotros. Dales la oportunidad de que vivan nuevamente, que disfruten la granja, que salgan a pasear, estoy muy agradecida con ellos, hazles saber que aunque no esté ya más con ellos, siempre Tú me darás la oportunidad de verlos desde Tu lado".* A lo lejos se oye el teléfono sonar, José se levanta para contestar. Sabe que es Lilia.

Claudia no podía creer lo que veían sus ojos, de pronto comenzó a compartir los sentimientos que Lilia enfrentaba en el foro, no sabe porqué, ni cómo, pero lloró y a la vez sintió el deseo de hacer oración. Por más que intentó despertar a Gabriel no pudo, por su mente pasó"¿cómo era posible que alguien tan buena como ella muriera?", pero poco a poco fue recordando todo lo que Blanca había dicho y se dio cuenta que así era la voluntad de Dios, de pronto mandan a comerciales, ella espera ansiosa para ver lo que pasa, pero se da cuenta que no necesita saber más, así que apaga la televisión y se pone de pie, se acerca a la cuna de Sebastián, lo arropa con una cobijita y le da un beso. Se acerca a Gabriel, le da un beso y se acuesta dormir. Después de unos largos minutos logra dormirse. Es de mañana, Gabriel se levanta, ve a Claudia dormida en profundo sueño, se baña y se prepara para irse al trabajo sin hacer ningún ruido para dejar dormir a su esposa y a su hijo un poco más. Se acerca a Claudia y le da un beso, se acerca a Sebastián, le da un beso, quien al sentirlo se mueve como si fuera a despertarse. Gabriel sonríe y sale apresurado para no despertarlo.

Ese día en el trabajo, las ganas de saber más sobre Blanca crecieron en mí, no podía esperar, quería llegar a mi casa para saber todo lo que había dicho y preguntarle a Claudia, pero al entrar a mi primera clase no necesité preguntar. Los muchachos del salón emocionados porque habían visto morir a una joven en televisión. Algo dentro de mí me molestó tanto que alcé la voz. −¡No sean tontos!, ¡cómo creen que la muerte es lo más importante de ella!, ¡que no escucharon!, ¡a ver si aprenden a escuchar…!Lo importante de ella era la vida ¿No se dieron cuenta que siempre le dijeron que iba a morir y, sin embargo, cuando menos lo esperaron murió?¿no se dan cuenta que ella no perdió el tiempo en borracheras o simplemente en cuál es la nueva marca de ropa? Ella no tenía tiempo para eso-.De pronto la actitud de los muchachos fue cambiando, me supongo que es la edad, pero lo hermoso es que luego fueron entendiendo el mensaje, se dieron cuenta de lo maravilloso que es la vida. No sé si fueron mis palabras o la vida de Blanca pero dentro de ellos nació el deseo por cambiar, al terminar la hora la plática había cambiado. Ya no era una plática de molestia sino una de aprendizaje. Nos dimos cuenta del milagro de Blanca. Abrimos nuestra conciencia y aprendimos lo corto que es la vida y la manera que la vamos desperdiciando en tonterías. También entendimos que no necesitábamos hablarlo sino que también teníamos que hacer algo. Me di cuenta que tenía que hacer algo más que hablarles. Así que decidimos hacer un propósito que seguiríamos durante todo el semestre. Camino a casa fui pensando muchas cosas, en Blanca, en la fuerza que los mensajes de la televisión, quería hacer muchas más cosas. Pero entre más calles cruzaba, más me daba cuenta que no tenía que hacer cosas extraordinarias. Simplemente tenía que ser yo y que Él se encargaría de lo demás. Llegué a la casa, Claudia me esperaba con una deliciosa cena. Pronto comenzamos a platicar de Blanca y de la dicha que vivieron sus padres al tenerla, de lo bello que había dejado, eso fue lo que más nos interesó, porque nosotros sabíamos que la muerte era sólo el paso a la gloria.

Después de tantos años en los Estados Unidos por fin regresé a México con mi abuelo, su sueño era que lo enterráramos en su país natal. A mi abuelo no le gustaba mucho Estados Unidos. Yo sabía que sólo estaba ahí por mí y, además, porque él sabía que era en el único país donde iba a poder trabajar en una silla de ruedas. Durante 10 años amasó tortillas y las empaquetó ganando 8 dólares la hora. Pero gracias a su trabajo yo pude estudiar, así que tomé sus cenizas, agarré el carro y viajamos hasta Cd. Juárez. No sé porque quería regresar a Cd. Juárez si allí habíamos pasado todo lo malo. Creo que en verdad se había perdonado y por eso quería regresar a su lugar de origen.

Esa noche en el hotel lloré como bebé, no podía creer lo que estaba viendo. Esa hermosa muchacha había cambiado mi vida ¿Cómo podía estar muriendo frente a mis ojos?, pero entendí que todos en algún momento vamos a morir. Ella no sólo habló de la muerte como el fin sino como el inicio de un mejor camino. Y me quedé sentado frente al televisor con las cenizas de mi abuelo en las manos sabiendo que lo más bello no está en este mundo, que aquí aunque es hermoso no es más que la sala de espera hacia la verdadera felicidad.

Ya cuando me había acostumbrado a esta comunidad decidieron enviarme a Roma a que me siguiera preparando. Ahí duré un año, me encantaba estar en ese lugar. Todos éramos religiosos y podía ver personas de todo el mundo. Tanto tiempo en Chihuahua hizo que se me olvidara lo bello de todo el mundo, pero bueno, me gustó tanto, perfeccioné mi latín y aprendí francés, italiano y, de vez en cuando me dieron la oportunidad de confesar en español. Era maravilloso porque aprendías de todo el mundo y me di cuenta que el sufrimiento es igual para todos. Había sacerdotes más preparados que yo, incluso había unos que confesaban en muchos más idiomas que yo. ¡Sí que me exigían mucho!, pero cuando ya me estaba acostumbrando a la buena vida en Roma, nuevamente me movieron, pero esta vez no me enviaron a Chihuahua, sino a Monterrey. Esta vez sí me desconcertó. Yo esperaba regresar a mi ciudad, pero tenía que obedecer. Además las cosas en mi profesión no las decidimos nosotros. Tome el avión de Roma a El Paso Texas, de ahí de Cd. Juárez a Monterrey, no tuve tiempo de ver a mi madre. Llegué a la parroquia, un poco vieja para mi gusto, pero después de haber estado en Roma todo era diferente. Yo creo que me enviaron ahí por lo mismo, tenía que regresar a mis raíces para despertar. De pronto se me había olvidado por qué había decidido ser sacerdote. Tomo el taxi en el aeropuerto y me llevó a la parroquia de San Felipe en la colonia Nuevo Repueblo, una iglesia aparentemente chica por fuera pero, al entrar, me di cuenta que era inmensa. Cuando vi todas esas bancas pensé en la gran responsabilidad que tenía para llenarlas. Doña Solecito me recibió en la oficina parroquial, ya me estaba esperando con mucho trabajo. Todavía ni conocía mi dormitorio y ella ya estaba dándome las horas de misa. Una señora muy creyente y ante todo teníamos que cumplir con el Señor, no importara que el padre —o sea, yo— no hubiera comido. A pesar de ser una señora estricta me di cuenta que era de buen corazón. Ya habían pasado dos días, en una semana venía mi mamá a visitarme; después de tanto tiempo, la distancia entre Roma y Chihuahua no se comparaba con la de Chihuahua-Monterrey. El párroco de la iglesia del Rosario, con el que inicié una gran amistad, me pidió de favor que cubriera un velorio. Ese día llegaba mi mamá, me preparé para el velorio. Siempre me interesó la vida antes del paso a la vida eterna de las personas a las que me invitan a darles el adiós de este mundo. Había oído de todo, desde personas tremendas, hasta grandes personas, yo creo que es otra de las cosas que me dejó la muerte de Adán, a él fue el primero que Dios me dejó verle el corazón. Esta vez había sido distinto, era un milagro el que me diera la oportunidad de dar el adiós a una gran muchacha. Mis oídos se llenaban de gozo al oír lo que ella luchó en esta vida, no sé si era una santa pero sí era un gran ser humano y solamente con conocer a sus padres me di cuenta. En ese momento Dios me llamó. Como otras veces, sabía que me quería en Monterrey, sabía que él me había llevado hasta ahí. Así como una vez me dejó ver el verdadero corazón de Adán, ahora me mostraba cómo también cuidaba de sus elegidos para que dieran testimonio. Nuevamente de alguna hermosa manera Él se había dado a la tarea de hablarme y cambiar nuevamente mi vida.

Duré todo el tiempo hasta el día de mi retiro en esa parroquia, ya nadie quiso moverme. Hice una maravillosa amistad con Don José y Doña Lilia. Me tocó también despedirlos a los dos, primero se fue Lilia;

y José me acompañaba en las tardes a jugar ajedrez en mi casa. Platicamos de tantas cosas, me dejaron dar la bendición del libro que Blanca escribió. En verdad fue una hermosa presentación. Yo lo leí y no cabe duda que el sólo hecho de vivir la vida siguiendo el camino de Dios te lleva a la santidad. En algunas homilías, esa hermosa familia de tres es mi inspiración para llevar la buena nueva a los demás, darles un poco de esperanza y, juntos, lograr vencer el sufrimiento.

Como tardó el libro en llegar a Agua Prieta, todos los días iba a la librería a hacer presión. Cuando llegó, compré dos copias, una para mí y otra para Claudia. Poco a poco y en cada frase, en cada palabra, Blanca nos fue compartiendo su amor. Ya no sé a cuántos alumnos se los he recomendado. Gracias a ese libro creció en nosotros el deseo de leer mas la Biblia, también me di cuenta que una sola buena acción en tu vida puede ayudar a miles.

Mi vida ha cambiado ahora, ya no sólo somos Claudia, Sebastián y yo; a nuestra vida han llegado tres grandes amores, Emilio, Blanca y María, nuestros hermosos y pequeños hijos, sólo se llevan unos años de diferencia. Ahora todos juntos nos hemos dado cuenta que, a pesar de los problemas que hemos enfrentado, el centro de toda nuestra vida es Dios y nuestra vida como familia.

Esta novela, la primera que el autor publica.

La historia fue acredora al premio *David Alfaro Siqueiros* por el *Instituto Chihuahuense de la Cultura*. En su versión de guión cinematográfico.

Contacto: *juntoscomunicacion@gmail.com*

Made in the USA
Columbia, SC
24 October 2022

69936988R00095